BOULOGNE

SON HISTOIRE ET SES INSTITUTIONS

Église, Mairie, Écoles

Bibliothèque, Société de secours mutuels, Crèche, etc.

BILLANCOURT

PAR

J. GRENET

(Préface par Jules Mahias)

PARIS

CHARLES SCHILLER, EDITEUR

FAUBOURG MONTMARTRE, 11

—

Avril 1869

Veuve et Perspective de l'Eglise Nostre Dame de Boullongne.

L'ÉGLISE DE BOULOGNE d'après une Gravure du XVIIe Siècle.

ÉGLISE NOTRE-DAME DE BOULOGNE AU XVIᵉ SIÈCLE (d'après une gravure du temps).

PRÉFACE

L'auteur de ce livre et moi, nous ne professons pas, sur toutes choses, les mêmes opinions ; mais nous sommes unis, étroitement unis, sur la question municipale. Nous souhaitons ardemment, pour notre pays, une bonne organisation communale. Nous désirons vivement qu'on assure enfin, à nos communes, les franchises et les libertés auxquelles elles ont droit, et dont elles ont tant besoin. En cela, nous sommes de l'avis de Royer-Collard, qui disait : « La commune est comme la » famille, placée avant l'État ; la loi politique la » trouve et ne la crée pas. » En cela aussi, nous nous appuyons sur l'autorité de Mirabeau qui s'exprimait ainsi : « Les municipalités sont d'au-

» tant plus importantes qu'elles sont la base du
» bonheur public, le plus utile élément d'une
» bonne constitution, le salut de tous les jours, la
» sécurité de tous les foyers, en un mot, le seul
» moyen possible d'intéresser le peuple tout entier
» au gouvernement et de préserver les droits de
» tous les individus. » Et nous ajoutons encore,
avec les auteurs du *Manuel électoral* : « C'est au
» sein de la commune que nos pères ont com-
» mencé la lutte héroïque et patiente de l'affran-
» chissement. » Pour toutes ces raisons politiques
et historiques, celui qui écrit ces lignes n'a pas
cessé depuis longtemps de revendiquer pour les
communes de la Seine le rétablissement de leurs
conseils municipaux électifs. Chaque année depuis cinq ans, les députés des arrondissements
de Saint-Denis et de Sceaux, MM. Jules Simon et
Eugène Pelletan, avec une insistance dont les
électeurs leur tiendront compte, ont éloquemment
et énergiquement réclamé l'abrogation de l'article 14 de la loi du 5 mai 1855 qui place les communes de la Seine sous un régime exceptionnel.
Enfin, cette année même, ils ont déposé de nouveau, un amendement au projet de loi relatif au
traité passé entre la ville de Paris et le Crédit fon-
cier, dans le but de rendre aux communes de la
Seine le droit d'élire leurs conseils municipaux.

Qu'elle est encore aujourd'hui la situation politique de ces communes ? Je la trouve exposée complétement dans un des articles que j'ai publié, sur cette question, dans l'*Avenir national*.

Voici cet article tel qu'il a paru le 17 mai 1868 :

« Depuis seize ans, ces communes sont dépourvues de conseils municipaux élus. Depuis seize ans, elles ne connaissent plus la vie municipale. Tous les jeunes hommes qui, depuis 1852, ont atteint leur vingt et unième année, ont dû ignorer jusqu'à ce jour le mécanisme de l'organisation communale et cantonale. Pour eux, l'idée de la commune doit se borner aux actes de l'état civil, et le canton ne leur rappelle que le juge de paix et le tirage au sort. Le temps n'est-il pas venu de rendre à ces communes laborieuses et patriotiques le droit de s'administrer elles-mêmes ? N'est-il pas choquant et injuste lorsque les plus grandes villes, Bordeaux, Marseille, Lille, Rouen, Nantes, ont un conseil municipal élu, de voir les communes de Nanterre, Suresnes, Puteaux, Fontenay-aux-Roses, Bourg-la-Reine, Choisy-le-Roi, privés de mandataires choisis par les habitants ? N'est-il pas au moins étrange de voir que, par exemple, deux communes séparées seulement par un pont, Boulogne et Saint-Cloud, ne sont pas soumises aux mêmes lois municipales, en sorte que lorsqu'on renouvelle, par l'élection, le conseil municipal de Saint-Cloud, les habitants de Boulogne doivent se borner à manifester leur étonnement de n'être pas favorisés des mêmes prérogatives.

» Peut-il sérieusement en être toujours ainsi dans un grand pays, en pleine possession du suffrage universel ?

» Ce qui est certain, c'est que dans les communes de la

Seine on pétitionne activement. M. Jules Simon, député de
l'arrondissement de Saint-Denis, reçoit chaque jour de nombreuses pétitions qu'il est chargé de remettre à qui de droit.
Le vœu formel des habitants de ces communes est d'être enfin relevés de la condition défavorable, humiliante même,
qui leur est faite. Ils demandent avec toute raison, qu'on
pratique à leur égard cet axiome élémentaire de la politique:
donner des droits à ceux qui ont des devoirs. Les devoirs de
tous les citoyens du département de la Seine ne sont-ils pas
les mêmes que ceux des quatre-vingt-huit autres départements? N'ont-ils pas, eux aussi, l'impôt sous toutes ses for-
mes, des octrois à la porte de presque toutes les communes,
les obligations de la loi militaire, leurs charges locales?
Pourquoi donc n'auraient-ils pas des droits identiques puisqu'ils ont des devoirs semblables? Qu'ont-ils fait, en définitive, pour mériter d'être l'objet d'un ostracisme qui les frappe
depuis seize ans et que rien ne justifie?

« Donner des droits à ceux qui ont des devoirs »
n'est-ce pas, en effet, de toute justice? Le gouvernement est maintenant décidé à accorder satisfaction aux populations de la banlieue de Paris. Il a
annoncé à la Chambre qu'un projet de loi, en
ce sens, serait présenté à la prochaine session lé-
gislative. Cette détermination ne saurait être accueillie avec indifférence dans nos communes.
Toutes les institutions qui y sont établies, trou-
veront un développement plus rapide, dans la
vie nouvelle que l'élection des conseils municipaux va créer, et nul doute que la sollicitude des
citoyens tenant leur mandat des électeurs, ne soit

aussitôt éveillée par les institutions qui manquent encore.

Le moment est donc bien choisi pour publier ce livre, dans lequel l'auteur, si profondément dévoué aux intérêts de Boulogne, a esquissé l'histoire de la commune, et recherché avec soin l'histoire de ses institutions diverses.

Mais, lorsque nos communes, enfin rendues à elles-mêmes, s'administreront par la volonté du suffrage universel, combien un livre, comme celui de M. Grenet, sera souvent nécessaire, et viendra, à son heure, donner satisfaction au sentiment public! Combien alors, en effet, les citoyens, mieux encore qu'aujourd'hui, seront disposés à s'enquérir des aspirations et des progrès intellectuels, des besoins et des améliorations matériels de leur cité La restitution des conseils municipaux élus, on peut le dire, équivaut pour les communes de la Seine, à une véritable rénovation. C'est un 89 qui apparaît. Notre commune surtout, vaste, riche, laborieuse, si pittoresquement située, sur les bords de la Seine, entre deux promenades dont la réputation est européenne, notre chère commune de Boulogne, doit profiter, plus que toute autre, de ce réveil, de l'esprit public, qui créera partout, une vie nouvelle et active. Préparons-nous donc à bien remplir les devoirs nouveaux qui vont s'imposer aux citoyens. Accueillons, comme l'avénement d'une émulation bienfaisante autant que comme la restitution d'un droit imprescriptible, le rétablissement de la souveraineté communale. En un mot, soyons patriotes dans notre commune, puisque la commune est la première patrie, dans la patrie.

JULES MAHIAS.

7 Mars 1869.

AVANT-PROPOS

Qui ne connaît Boulogne, cette petite ville si coquette et si gaie, où tout semble fait pour attirer et charmer?

Ici le bois de Boulogne, son champ de courses, ses lacs, ses îles; là le parc de Saint-Cloud; plus loin la Marche également chère aux sportmen.

Posée comme un trait d'union entre Paris et Saint-Cloud, Boulogne semble placée comme à dessein pour attirer les regards du touriste.

Du bois, l'œil rencontre le haut clocher de l'église restaurée et se repose avec plaisir sur les rues si droites, sur les propriétés sans nombre,

sur les jardins verdoyants de la cité boulonnaise.

La Seine, décrivant ses courbes capricieuses,
vient baigner ses murs et rehausser encore la
beauté de cette ville, une des plus charmantes
sans contredit des environs de Paris.

Bien des voyageurs pour qui les plus beaux
sites de France n'avaient nul secret, qui connais-
saient aussi la Suisse, l'Espagne, l'Italie, n'ont pu
s'empêcher de pousser un cri d'admiration devant le panorama splendide que l'on découvre
de Boulogne. Les coteaux de Bellevue, Meudon,
d'Issy, de Sèvres, de Suresnes, de Saint-Cloud,
ne valent-ils pas tel ou tel site fort renommé
qui n'a souvent d'autre mérite que d'être fort
loin ?

Notre livre n'a pas pour but de relater fait par
fait l'histoire de Boulogne. Nous laissons ce soin
à une plume plus autorisée que la nôtre. Ce que
nous avons voulu, c'est faire un historique rapide
des institutions boulonnaises; montrer comment se
sont formées les œuvres scolaires, philanthropiques et charitables de notre ville; c'est décrire

notre vieille église, six fois séculaire ; c'est montrer comment, avec le temps, un pauvre hameau devient une ville florissante dont la population est plus nombreuse que celle de certains chefs-lieux de préfectures.

Nous avons eu en vue surtout en faisant paraître ce livre deux choses :

Intéresser nos concitoyens, en leur apprenant divers détails d'administration qu'ils ignorent ;

Etre utile, en appelant sur les diverses institutions boulonnaises, la sollicitude des personnes bien intentionnées. Nous serons heureux si ce double but est atteint, et nous sommes persuadé que chacun voudra nous aider dans cette tâche, lorsque l'on saura à quelle œuvre le produit de la vente de ce livre est destiné.

J. GRENET

BOULOGNE

BOULOGNE

~~~~~~~~~~~~~~~~

Avant de nous occuper de cette création moderne qui porte le nom de bois de Boulogne, avant de reporter nos souvenirs à l'époque des diners sur l'herbe, des joyeuses parties d'ânes, occupons-nous de cette forêt immense connue dans l'histoire sous le nom de forêt de Rouvray, l'une des plus grandes des Gaules, à l'époque de la conquête de Jules César, occupons-nous du berceau de Boulogne actuel.

Vers l'an 1100 quelques bûcherons s'établissent au milieu de cette forêt, au bord de la Seine, appelée alors *Sequana*. Ces quelques huttes formant une espèce de hameau perdu dans la forêt immense reçurent, par acte public portant la date de 1134 le nom de Menus-lèz-Saint-Cloud, nom indiquant à la fois sans doute, et le voisinage du hameau avec la ville fondée par Clodoald, fils de Clodomir, et le peu d'importance de ce hameau.

Voici donc l'origine de Boulogne, de cette commune aujourd'hui si florissante et si peuplée : une réunion de cabanes, où de pauvres bûcherons vivaient péniblement. Les Menus, huit siècles ont respecté ce nom comme pour indiquer aux générations le lieu qui fut le berceau du pays.

Avec le temps, les chaumières se construisent et forment un petit village d'environ cinq cents habitants. Malgré ces transformations successives, les Menus-lèz-Saint-Cloud n'étaient encore qu'un village ignoré, perdu dans la forêt de Rouvray, lorsqu'en 1260, pour accomplir un vœu, Isabelle, sœur de Saint-Louis, conçut le projet de fonder l'abbaye de Longchamp. La situation pittoresque de l'endroit, sa proximité de Paris, eurent sans doute une grande influence sur le choix de la princesse. Les Menus devaient nécessairement gagner à la fondation de ce couvent. En effet, dès que le monastère fut construit et habité par les religieuses, les Menus, jusque alors hameau inconnu, prennent quelque importance. Leur riche voisin, le monastère respecté, avait en peu de temps acquis une grande renommée, due d'abord à la piété de sa fondatrice, aux règles austères de l'ordre, (ordre de Saint-François), à la popularité qui l'entourait, à la protection toute-puissante des monarques, des princes, des évêques, des grands de la Cour et des premiers de la ville, renommée qu'il dût encore dans la suite à sa splendeur royale. Cette abbaye aux vastes bâtiments, aux propriétés nombreuses, dont les religieuses appartenaient toutes par leur naissance à la plus antique noblesse, après avoir été pour ainsi dire le foyer de toutes les vertus, devint par suite d'un luxe effréné et de l'abandon complet des règles monastiques un lieu de scandale et de honte. Que la sainte et douce mémoire d'Isabelle dût gémir en présence de ces turpitudes, de ces marchés infâmes, de ces trafics honteux, cachés sous le manteau de la religion !

Mais revenons aux Menus, à ce petit village que nous avons quitté en plein treizième siècle, au moment où les pèlerins le remarquèrent pour la première fois enfoui derrière les chênes séculaires de Rouvray.

Quarante ans plus tard, en 1308, Philippe IV dit le Bel s'étant rendu avec la famille royale à Boulogne-sur-Mer pour le mariage d'Isabelle de France sa fille avec Edouard II roi d'Angleterre, remarqua l'image miraculeuse de Notre-Dame de Boulogne-sur-Mer, dont plus loin nous donnons la légende. Les difficultés qu'il rencontra dans son voyage, par suite du manque de moyens de communication, le décidèrent à remédier à un tel état de choses. Il ordonna à Girard de la Croix, garde des sceaux au Châtelet de Paris, de chercher un terrain convenable près du hameau des Menus-lèz-Saint-Cloud, au sein de la forêt de Rouvray, et à proximité du couvent de Longchamp, pour y construire une église sous le vocable de la Vierge et d'après les plans du temple fameux de Boulogne-sur-Mer. Philippe le Bel mourut en 1314 sans avoir pu exécuter son projet.

Louis X dit le Hutin, son fils aîné, qui lui succéda, régna fort peu de temps et ne put par conséquent réaliser le vœu de son père. Ce fut à Philippe le Long son second fils, et successeur de son frère sur le trône

2

de France, que revint le devoir de mettre à exécution le pieux dessein de son père Philippe le Bel. Philippe octroya donc la permission d'élever l'église sur cinq arpents de terrain choisis au hameau des Menus. Ce fut avec des transports d'allégresse que l'autorisation d'élever cette église aux portes de Paris fut accueillie. Une fête fut organisée par tous les fidèles du diocèse de Paris pour perpétuer la fondation du nouveau pèlerinage.

Les lettres patentes royales, expédiées à cette occasion le 19 février 1319 du Vivier en Brie, étaient conçues en ces termes :

« Philippe, par la grâce de Dieu, roi de France et » de Navarre, etc...

» Nous concédons, autant que cela nous regarde, à » nos bien-aimés, les citoyens de Paris et autres qui » ont coutume par dévotion d'aller en pèlerinage à » Notre-Dame de Boulogne-sur-Mer, qu'ils puissent » faire bâtir une église et établir entre eux une con- » frérie à la louange de Dieu et de sa très sainte Mère, » selon qu'ils en ont le dessein, en un lieu nommé » Menus, proche de Saint-Cloud.

» Donné à Vivarais en Brie, l'an mil trois cent » dix-neuf, au mois de février. »

Les lettres patentes obtenues, les bourgeois de Paris s'occupèrent activement de l'édification de la nouvelle église. La première pierre en fut solennellement posée en 1319 par Philippe le Long, entouré de toute sa cour et au milieu d'une foule immense accourue pour cette solennité.

Mais avant de continuer les travaux il restait une formalité à remplir. Les cinq arpents de terrain sur lesquels devait s'élever la future église appartenaient à l'abbaye de Montmartre. On fut obligé d'avoir recours à Jeanne la Repentie, abbesse de Montmartre, qui, par lettres authentiques, donna cession des cinq arpents. Ces lettres très importantes expliquent comment les Menus furent appelés Boulogne. Elles sont datées de l'an 1320 et conservées ainsi que les lettres patentes de Philippe le Long dans les archives de l'église.

Ces lettres sont ainsi conçues :

« Au nom de la très sainte Trinité... sœur Jeanne
» de Repentie, abbesse de Montmartre, et les autres
» sœurs du couvent lors assemblées, salut. Nous, dé-
» sirant favoriser les pieux desseins et les justes re-
» quêtes de nos bien-aimés maîtres Girard de la
» Croix, garde des sceaux du Châtelet de Paris, de
» Jean, son frère, et de ses autres amis, premiers
» fondateurs de l'église et confrérie de Notre-Dame
» de Boulogne-sur-Mer, ratifions, louons et approu-
» vons, autant que nous est à nous appartient, la sainte
» résolution qu'ils ont prise de fonder cette église, et
» leur concédons, en vertu des présentes, le pouvoir
» de faire bâtir une église parochiale au lieu qu'on
» nomme Menus, où il y a déjà une chapelle faite de
» bois, laquelle église nous voulons, dès cette heure
» et à l'avenir, qu'elle porte le nom de Notre-Dame
» de Boulogne-la-Petite.

» Donné en notre chapitre sous les sceaux de l'ab-
» baye et du couvent, en l'an mil trois cent vingt, le
» dimanche dans l'octave de l'Ascension. »

L'emplacement ainsi concédé par l'autorisation de

l'abbesse de Montmartre, faisait partie d'un fonds que les religieuses devaient à la munificence du roi Louis le Gros. Cet emplacement était celui qu'occupe encore aujourd'hui l'église actuelle, et comprenait de plus les places de l'église et du Parchamp. Sur cette dernière était établi le cimetière.

Le cimetière expliquerait ce nom de Parchamp ou Pairchamp donné à cette place. On attribue, en effet, l'étymologie de ce nom à l'alliance des mots latins *par* et *campus* ou champ de l'égalité.

L'église de Boulogne, achevée en 1330, fut bénie solennellement le premier dimanche de juillet de la même année par Hugues de Besançon, évêque de Paris, sous l'invocation de Notre-Dame de Boulogne-la-Petite. Après la cérémonie, Hugues de Besançon sépara juridiquement la paroisse de Notre-Dame de Boulogne-la-Petite de celle d'Auteuil dont elle dépendait précédemment, régla les limites de chacune d'elles, et donna à celle de Boulogne tout le terrain qui s'étendait de l'église de Longchamp à la métairie de *Menicuria*, aujourd'hui Billancourt, et depuis le bois jusqu'à la Seine. Puis, il nomma comme curé de la nouvelle paroisse, Pierre Danet.

A l'appui de ces faits, nous transcrivons l'inscription gravée sur une table de marbre, qui existe encore aujourd'hui sous le portail principal de l'église.

« L'an 1319, cette église fut bâtie sous l'invocation
» de Notre-Dame-de-Boulogne. Philippe V dit le Long,
» roi de France et de Navarre, en posa la première
» pierre, à la Purification; Mme Jeanne de Repentie,
» abbesse du monastère de Notre-Dame-de-Montmar-

» tre et toute la communauté y donnèrent leur consen-
» tement.

» L'an 1320 la forêt de *Rouvret* et le lieu appelé
» *Menus* changèrent de nom et s'appelèrent le bois de
» Notre-Dame de Boulogne. Une confrérie fut établie
» par le roi Philippe-le-Long; nos saints pères les
» Papes y ont accordé de grandes indulgences, sur-
» tout Jean XII, par sa bulle de 1329 : les jours des-
» tinés pour les gagner sont l'Immaculée-Conception,
» la Purification et l'Annonciation. Fulco, célèbre
» évêque de Paris, l'an 1325, rapporte plusieurs mira-
» cles que la Sainte-Vierge a opérés dans cette église;
» elle porte le nom de Notre-Dame-de-Boulogne,
» parcequ'elle est fille de Notre-Dame-de-Boulogne-
» sur-Mer. Les habitants et bourgeois de Paris furent
» chercher, par ordre du roi, l'image miraculeuse de
» Notre-Dame-de-Boulogne, dans laquelle il y a en-
» core un morceau de l'ancienne image de Notre-
» Dame de Boulogne-sur-Mer. Cette relique est sous
» la protection du roi, comme celle du trésor de la
» Sainte-Chapelle. Elle ne peut sortir de l'église que
» par arrêt de la Chambre des Comptes, comme appar-
» tenant originairement au roi, qui a permis qu'on la
» portât une fois par an, sous un dais, pieds nus, avec
» flambeaux et encens, à l'abbaye de l'Humilité-de-
» la-Sainte-Vierge, bâtie par sainte Elisabeth, et dite
» Notre-Dame-de-Lonchamp. Nicolas Myette, l'un
» des fondateurs de cette église, est enterré dans cette
» basilique, dans la chapelle de l'Assomption. Les
» confrères sont participants de tous les mérites et
» bonnes œuvres de l'ordre des Citeaux. La confrérie

» de Boulogne a reçu un accroissement considérable
» par les soins de M. Claude Duval, docteur en Sor-
» bonne, curé de cette église, et en cette qualité prieur
» perpétuel de ladite confrérie, pasteur zélé qui a fait
» de grands biens à la fabrique et singulièrement
» attaché au culte de la mère de Dieu.

 » Les titres qui regardent la confrérie royale de
» cette église sont en dépôt en la Chambre des Comp-
» tes de Paris, et dans les archives de Notre-Dame
» de Boulogne-sur-Mer.

 » Cette pierre a été posée en la fête de la Nativité,
» qui est la fête titulaire de ce temple, l'an 6 du pon-
» tificat du très saint père Benoît XIV, et l'an 31 du
» règne de Louis XV, le conquérant, le victorieux, le
» bien-aimé ; Marie Leczinska, princesse de Pologne,
» reine de France ; M. Charles Hénoc, curé et prieur
» de l'église royale et paroissiale, et directeur de la
» confrérie de Notre-Dame-de-Boulogne. »

 Ce fut donc, d'après les lettres de l'abbesse de
Montmartre, et par suite de l'édification de l'église,
que la hameau changeant de nom prit celui de la
paroisse, c'est-à-dire de *Boullongne*, et plus tard de
Boulogne-la-Petite.

 Vers l'an 1417 le bois de Rouvret ou Rouvray, qu'on
avait ensuite appelé bois de Saint-Cloud, prit définiti-
ment le nom de bois de Boulogne qu'il n'a jamais
quitté depuis.

 L'affluence des fidèles en pèlerinage à Boulogne-la-
Petite était tellement grande que des auberges s'ou-
vrirent bientôt autour de l'église pour recevoir les
visiteurs désireux de se reposer des fatigues du voyage,

car c'était, en ce temps-là, un véritable voyage, parfois même périlleux, que d'aller de Paris à Boulogne à travers le bois, où nulle route n'était tracée.

Le 25 avril 1425, dit une chronique extraite du *journal de Charles VII*, un célèbre cordelier du nom de Richard, revenant de la Terre-Sainte, prêcha dans l'église de Boulogne, et produisit une telle sensation qu'on accourait en foule de Paris pour l'entendre. Un de ses sermons, surtout, sur les vanités du monde, produisit, dit la chronique, un tel effet sur son auditoire, qu'au sortir de l'église les assistants, envahissant les auberges, allumèrent de grands feux et y brulèrent tables à jeux, cartes, billards, billes et boules, et que, chose incroyable, les femmes même jetèrent dans ces brasiers tous leurs ornements, toutes leurs parures, tant avait été puissant le mépris que ce bon cordelier était parvenu à inspirer aux fidèles pour les vanités de ce monde. Hâtons-nous d'ajouter qu'à quelques jours de là, les tables de jeux et les cartes reparurent, de plus belle, et que les toilettes des femmes n'en furent que plus riches et plus élégantes.

Voici en quelques mots l'histoire de l'église de Boulogne.

Depuis son édification, que de transformations n'a-t-elle pas subies, cette église que nous avons tous vu dans notre jeunesse couverte de constructions parasites et fort laides qui nuisaient à son ensemble?

Aujourd'hui, débarrassée de ces voisins, elle apparaît aux yeux des visiteurs dans toute sa beauté. Sa construction hardie en fait un monument du plus bel effet et dont Boulogne, à bon droit, peut être fière

Elle est classée, depuis 1858, parmi les monuments historiques de France.

Avant sa restauration, qui eut lieu en 1862, l'église de Boulogne possédait de nombreux tableaux. Quelques-uns avaient été donnés à l'église par des confréries, d'autres par des particuliers. Un de ces tableaux, méritait surtout une attention toute spéciale. Nous voulons parler du tableau placé au-dessus du banc d'œuvre du Saint-Sacrement, et qui représentait la glorification de la Vierge. Ce tableau, peint par Charles Delafosse, avait été donné à l'église à l'occasion du vœu de Louis XV pour son retour à la santé. Il appartient aujourd'hui au musée du Havre, et voici comment s'exprime le *Journal du Havre* (16 juillet 1866) au sujet de cette précieuse acquisition :

« M. Pittet, dont nous avons eu déjà occasion de » signaler la présence au Havre, vient de placer au » musée, où il sera exposé demain, un grand tableau, » digne à tous égards de l'attention des connaisseurs. » Ce tableau, peint par Charles Delafosse, peintre du » roi, ex-directeur de l'Académie de peinture, fut » donné à l'église de Notre-Dame de Boulogne-sur- » Seine à l'occasion du vœu de Louis XV pour son » retour à la santé. Il est resté dans cette église jus- » qu'en 1862, époque où il a été aliéné, en même » temps que beaucoup d'autres objets d'art, pour » payer les réparations qui avaient été faites à l'église.

» Le tableau de Delafosse, parfaitement conservé, » est véritablement une œuvre magistrale où l'on » admire en même temps la magie des couleurs et la » puissance du sentiment religieux. Il représente la

» glorification de la Vierge, dont l'image agenouillée
» occupe le milieu du tableau. De l'aveu des connais-
» seurs, cette figure, entourée d'admirables drape-
» ries, serait digne du pinceau de Murillo. Autour de
» la Vierge se groupent les chérubins, figures déli-
» cieusement peintes ; au bas du tableau, Delafosse
» s'est représenté lui-même avec sa femme, dans
» l'attitude du respect et de l'extase. »

Nous n'avons pas ici mission de rechercher pour
quels motifs les tableaux appartenant à l'église de
Boulogne se sont trouvés vendus et dispersés.
M. Millet, l'architecte de l'église restaurée, ayant
déclaré, dans l'intérêt de l'architecture, que ces tableaux ne pouvaient être gardés dans l'intérieur du
monument, il eût été préférable, ce nous semble, en
mémoire de ceux qui les avaient donnés, de les placer dans la sacristie ou dans les écoles, ou même
d'en faire don à la ville de Boulogne plutôt que de
les vendre. Mais, en cette circonstance, la fabrique a
agi suivant sa volonté. Chacun est libre cependant de
se faire une opinion sur ce mode d'agir.

Dans la restauration de l'église, qui eut lieu, ainsi
que nous l'avons dit, sous la direction et d'après les
plans de M. Millet, architecte des monuments historiques de France, les frais furent supportés partie
par l'Etat, partie par l'Empereur, partie par la commune et la fabrique. La dépense totale s'est élevée à
300,000 fr.

L'église de Boulogne, très riche avant 1792, fut su-
jette à cette époque à tous les malheurs qui assailli-
rent généralement toutes les églises. Complétement

pillée et saccagée, les statues qui l'ornaient extérieurement, et les peintures murales qui l'ornaient intérieurement furent détruites (quelques vestiges de peinture existent encore, notamment au-dessus des fonds baptismaux), ses vitraux brisés, ses trésors enlevés. Les richesses que renfermait le trésor de l'église de Boulogne n'étaient pas de minime importance. Parmi les pièces principales, on remarquait un reliquaire magnifique tout rehaussé de pierreries. Ce reliquaire, présent du roi Saint-Louis, contenait un morceau de la vraie croix. On remarquait aussi le livre d'or (la couverture de ce livre était entièrement de ce précieux métal), contenant les signatures, autographes dont la valeur serait immense aujourd'hui, de tous les rois, princes, grands seigneurs, venus en pèlerinage à Boulogne-la-Petite. On remarquait encore la truelle d'argent massif, ayant servi à Philippe le Long lors de la pose de la première pierre de l'église, et la Vierge, statue en argent massif, toute constellée de pierres précieuses et renfermant des reliques de la Vierge et des saints. Cette statue provenait de la chapelle du roi, et il fallait une permission spéciale du souverain pour la promener processionnellement les jours de fête.

Pendant cette période, l'église fut non-seulement pillée, mais dût servir encore de grenier à fourrages, quelques-uns disent de lieu de fêtes et de plaisirs. Ce fut pendant ce temps que le monument souffrit le plus. Lorsque l'église fut rendue au culte, en 1801, on fut obligé de recouvrir les murs intérieurs d'une épaisse couche de badigeon, afin de cacher à tous les yeux les déprédations commises.

Telle qu'elle est, l'église renferme encore des beautés architecturales de premier ordre, et nous allons essayer de donner rapidement la description de ce monument historique.

EXTERIEUR

Au premier aspect, cet édifice paraît appartenir à la fin du XIIe et au XIIIe siècle. Cependant elle fut érigée vers le commencement du XIVe.

La façade principale, composée d'un pignon élancé, se trouve coupée par une balustrade gothique d'un grand effet, cette balustrade règne dans toutes les façades au-dessus de l'entablement.

Au-dessous une grande baie à trois meneaux réunis au sommet par une magnifique rosace se découpe harmonieusement dans l'axe du pignon. Séparée de cette baie par un bandeau une porte ogivale surbaissée, au-dessus de laquelle est un tympan sculpté, donne accès à l'édifice.

Dans ce tympan est représentée la légende de Notre-Dame-de-Boulogne entourée de feuilles délicatement fouillées.

De chaque côté de la façade, de grands contreforts surmontés de gargouilles gothiques d'une grande simplicité, retiennent la poussée des voutes intérieures.

Des fleurons appartenant au XIIIe siècle se découpent sur le sommet et à chaque coin du triangle formé par le pignon au-dessus de la balustrade.

La façade latérale de gauche peut se diviser en trois parties bien distinctes.

La première est composée de trois travées séparées par des contreforts semblables à ceux de la façade principale. Dans chacune de ces travées se trouve une baie surmontée d'une rosace.

Dans la première travée est une petite tourelle pentagonale, à moitié engagée dans le massif du bâti-ment, qui contient l'escalier desservant la tribune ; de petites barbacanes gothiques servent à éclairer l'inté-rieur de la tourelle.

La travée milieu est séparée dans sa hauteur et au-dessous d'un bandeau régnant autour de l'édifice, par une petite construction en adossement qui ren-ferme les fonts baptismaux, éclairés par deux larges baies, très surbaissées. Des grilles en fer forgé d'un excellent style ornent ces ouvertures.

A la suite de ces travées se trouve la partie saillante du transeps, maintenue par des contreforts. Cette par-tie forme pignon et rappelle l'ordonnance de la façade principale.

Après le transeps, une partie droite composée de deux travées se prolonge en octogone pour envelopper la partie du chœur où se trouve l'autel. A chaque angle saillant est un contrefort du sommet duquel s'élancent deux gargouilles. Entre ces contreforts une baie ogivale sert à laisser pénétrer la lumière à l'intérieur.

Sur la partie rectiligne est adossé un petit bâtiment, de même style que l'édifice, et qui contient la sacristie et les dépendances du service. Des grilles en fer forgé se trouvent en ornementation dans les baies qui servent à éclairer l'intérieur.

La façade donnant sur la grande rue de Boulogne, est de même ordonnance que son opposée, à part les constructions secondaires qui y sont adossées. Une tourelle servant à monter au clocher se trouve dans l'angle formée par le transeps et la troisième travée. Dans la deuxième travée, un petit porche surbaissé donne accès à l'intérieur de l'église.

Ce monument est recouvert en ardoises avec membrons en plomb et rehaussé d'ornements dorés. D'élégantes chattières gothiques se découpent de distance en distance et rompent l'uniformité de la toiture.

Au-dessus de la partie milieu du transeps, s'élève un clocher octogonal en croix sur le plan de l'édifice et surmonté d'une élégante flèche rehaussée d'or.

Au sommet de cette flèche, une croix en fer forgé et doré se découpe admirablement sur le fond du ciel.

Au-dessus du chœur et au sommet des arêtiers, une petite croix en fer, d'un travail très consciencieux, sert de poinçon.

Au-dessus de la première travée se trouvent les abat-son, qui sont d'une simplicité plus que primitive.

INTÉRIEUR

En pénétrant dans l'intérieur du monument par la porte basse située dans la façade principale, on remarque d'abord une porte gothique d'un style sévère quoique élégant et très pur. On pénètre, après avoir dépassé les portières en tapisserie, dans la première travée, séparée des deux autres par un arc de plein cintre supportant la tribune à laquelle on arrive par l'escalier placé dans la tourelle dont nous avons déjà parlé. De chaque côté de cette travée qui sert de porche se trouve un bénitier en pierre, XIIIe siècle, fort simple. Les fonts baptismaux, situés dans l'appenti adossé à la deuxième travée, sont très bas de plafond et très mal éclairés, la cuve baptismale, d'une simplicité par trop primitive, n'a aucun rapport avec le style de l'édifice.

La chaire à prêcher, dans le style des XIVe et XVe siècles est assez remarquable dans les détails d'ornementation, néanmoins sa situation a quelque chose d'anormal qui vous surprend.

Dans la troisième travée et du côté des fonts baptismaux se trouve le banc d'œuvre, de même style que la chaire mais plus harmonieux comme ensemble. Du reste ces deux meubles sont de style beaucoup trop postérieur à celui de l'église qui est simple mais fort élégant.

Le transeps composé de trois parties, comprend à gauche, la chapelle Saint-Joseph ; une fort belle statue de l'époux de la sainte Vierge est placée au-dessus du tabernacle.

Dans la partie droite se trouve l'autel de la sainte Vierge surmonté du vaisseau symbolique et orné de nombreux *ex voto*.

Cet autel, comme le précédent, est de style moderne et peu en harmonie avec le reste de l'édifice.

Autour des murs sont disposés des bancs en pierre fort peu élevés, comme en possèdent toutes les vieilles cathédrales; c'était auparavant les seuls siéges qui existaient dans ces édifices.

La partie milieu du transeps est séparée du chœur et des chapelles latérales par une jolie grille gothique rehaussée d'or et agrémentée d'écussons, cette grille est un chef-d'œuvre comme harmonie d'ensemble et pureté de style.

Après le transeps vient le chœur proprement dit, composé de deux travées et séparé de l'autel par la sainte table, jolie grille qui paraît appartenir à l'époque où fut élevé le monument.

De chaque côté sont des stalles en menuiserie qui n'ont rien de remarquable.

Les voûtes d'arête très élancées sont supportées au droit des contreforts extérieurs par d'élégants piliers surmontés de chapiteaux XIIIe siècle. Les voûtes et les murs intérieurs étaient jadis recouverts d'écussons rehaussés de peintures à demi-effacées par le temps. La clef de voûte elle-même formant saillie était un écusson orné de peinture.

Le maître autel, d'origine moderne, est complétement en dehors du style de l'ensemble du monument; il est d'un très mauvais XVe siècle. Son aspect lourd et disgracieux rappelle assez les ornementations en sucre qui sont exposées aux vitrines des confiseurs ; c'est la seule chose qui choque la vue dans ce petit édifice si remarquable à tous égards.

A droite de l'autel est une petite niche qui sert à placer les vases sacrés pendant les offices, à gauche une porte latérale dessert la sacristie et les dépendances.

La sacristie, assez vaste et bien éclairée est entourée, d'armoires formant chapiers et archives.

Une petite cour attenant à l'église sert aux besoins du service.

Aujourd'hui Boulogne, n'est plus cet assemblage de chétives masures habitées par des bûcherons, c'est une grande et belle ville, s'accroissant chaque année, surtout depuis 1860, et qui, sans compter la population flottante, compte aujourd'hui 18,000 habitans ; en y ajoutant la population parisienne, la colonie d'été, on arrive sans peine, comme population générale, au chiffre de 25,000 habitants.

Comme toute ville ayant une origine ancienne, Boulogne a conservé presque intact, à côté des embellissements modernes, le vieux quartier qui fut son berceau, et ce n'est certes pas une des moindres curiosités de la commune nouvelle que l'ancien village du Menus-lèz-Saint-Cloud.

Le Menus, c'est d'abord la rue des Menus, à laquelle beaucoup d'habitants ont conservé le vieux nom de « Grande-Rue des Menus », bien qu'elle soit une des plus petites du Boulogne actuel. Viennent ensuite, complément de l'antique village, la rue du Parchamp, la rue du Bac, la rue de l'Abreuvoir et plusieurs ruelles.

Ce quartier a pour ainsi dire conservé, jusqu'à nos jours, son ancien aspect, on y trouve encore quelques vieilles demeures des anciens cultivateurs dont les champs, les prés, englobés par suite des améliorations apportées au bois dans le bois même, forment aujourd'hui ce vaste champ de courses appelé Hippodrome de Longchamp. Malheureusement ce n'est pas tout. Dans une affreuse cour, dite Cour-sans-Pain, on peut voir, comme dans l'ancienne cour des Miracles, des gens sans profession, presque sans aveu, dont le métier consiste à mendier en étalant aux yeux des passants des infirmités vraies ou simulées.

C'est encore dans cette même rue des Menus que s'élevait jadis, redoutable et menaçant, le château fort de Boulogne-la-Petite. Bâti par les ordres d'un haut et puissant seigneur, à l'époque la plus florissante de la féodalité, ce château dont il ne reste plus vestige occupait l'emplacement où se trouvent, de nos jours, les communs du château du baron de Rothschild.

Avant d'appartenir à M. de Rothschild, ce château, ou plutôt les terrains sur lesquels il est construit, appartenait à M. le comte Réal, ministre de l'Empire. M. le comte Réal habitait une magnifique propriété construite en face de la grande avenue qui conduit de

3

la rue de Longchamp à la porte du bois de Boulogne.

A la mort de M. Réal, le baron de Rothschild vint l'habiter.

A cette époque, le baron de Rothschild n'était pas encore l'opulent banquier à la fortune incalculable. Il aimait à se joindre aux habitants les jours de fête, et nous nous souvenons parfaitement des cris mille fois répétés de « Vive M. le baron! » qui l'assaillaient lorsque, à l'époque des fêtes, il distribuait, à la population enfantine qui l'entourait, les pains d'épice, les macarons et les jouets formant le plus bel ornement des boutiques foraines.

En 1848, le baron renonça à habiter sa maison, décorée déjà du nom de château. Les actes de vandalisme auxquels une troupe d'individus sans aveu se livrèrent à Suresnes, dans la propriété de son frère, furent peut-être pour quelque chose dans sa résolution. Cependant à la nouvelle que cette bande se dirigeait sur Boulogne, dans le but évident de piller le château du baron, les habitants de notre commune, au nombre de plus de cinq cents, prirent les armes pour défendre, contre les envahisseurs, cette belle propriété.

M. de Rothschild, reconnaissant de cette belle action, prit pour prétexte de son abandon la vétusté des bâtiments, mais il promit de ne pas quitter le pays, dont il n'oublia jamais les pauvres.

Tenant sa promesse, quelques années plus tard, en effet, et revenant sur sa première décision, il fit construire le superbe château que tout le monde connaît et dont il fit l'été sa résidence favorite.

La rue de la Rochefoucauld, une des plus anciennes rues de Boulogne, mérite également une mention spéciale.

Les habitants du pays l'appellent encore *le petit Boulogne*, probablement en souvenir de la dénomination de Boulogne-la-Petite donnée à la commune lors de l'édification de l'église.

Son nom de la Rochefoucauld lui vient sans doute d'une vaste propriété appartenant aux ducs de la Rochefoucauld, et sur l'emplacement de laquelle la rue fut percée. Elle est le berceau d'une des plus importantes, pour ne pas dire la seule industrie du pays : le blanchissage de linge.

M. J. Mahias, dans son *Annuaire de Boulogne* (1856), explique ainsi le nom de *du Tac* donné à un endroit situé au coin de la rue des Tilleuls et de la rue d'Aguesseau :

« En entrant dans la rue des Tilleuls par la rue
» d'Aguesseau, et à gauche, une dame fort riche appe-
» lée *du Tac* avait un petit château dont on peut voir
» quelques vestiges échappés au marteau des démo-
» lisseurs ou à l'action du temps, ce sont des anneaux
» de fer et quelques barres servant à la grille d'en-
» trée. Il faut croire que cette dame s'était rendue
» populaire par de bonnes ou de mauvaises actions, je
» n'en sais rien, toujours est-il qu'en voulant parler
» de son domaine ou des environs on disait : « Je
» vais au Tac ou je vais près du Tac. » C'est une cou-
» tume qui se perdra, d'autant plus que le Tac n'est
» plus ce qu'il fût..... »

Il y a quelques années, c'était le plus affreux coin de la commune. Heureusement que l'achèvement de la rue des Tilleuls a fait disparaître ces laides masures.

La route de la Reine date seulement du règne de Louis XVI. En ce temps, la grande rue de Boulogne n'existait pas, ou du moins n'était pas en communication directe avec Paris. Marie-Antoinette ne trouvant pas la rue de Paris assez large ni assez convenable pour servir de passage à la Cour, fit ouvrir cette belle avenue qui porte encore aujourd'hui le nom de Route de la Reine. Par une faute regrettable de l'administration, cette artère, qui fut devenu une des voies publiques les plus passantes et les plus peuplées de Boulogne, a perdu presque tout avenir, car le cimetière placé, sur son parcours, en éloignant la population nuit considérablement à sa prospérité. Et pourtant cette grande voie réunissant Saint-Cloud à la grande route de Versailles et à Paris par le point du jour, est un des principaux centres de Boulogne.

La rue Mollien doit son nom à M. le comte Mollien, ancien ministre des finances, qui habitait une maison de campagne, située à l'endroit où cette rue fut ouverte.

La rue de la Concorde, aujourd'hui rue Escudier, doit son nouveau nom, comme chacun sait, à M. Escudier, cet homme vénéré, ce bienfaiteur dont Boulogne déplore encore la perte. Cet homme de bien, la providence des pauvres, est le fondateur des écoles actuelles qui, sans lui, n'existeraient peut-être pas encore. Pour rappeler sa mémoire suffit-il d'avoir donné son nom à une rue ? Ne devrait-on pas élever à ce philanthrope intelligent un monument, gage durable de notre reconnaissance. Son buste ne pourrait-il orner une fontaine ou tout autre monument public ? Les véritables amis du peuple sont rares. On ne doit donc laisser de côté aucun moyen pour rappeler aux générations futures ceux qui se sont rendus dignes de ce titre.

Pourquoi avoir changé le nom de la rue de la Maladrerie ? Pourquoi ? C'est la question que chacun se pose. Ce nom n'était cependant pas plus ridicule que tel nom de rue qui subsiste encore, de la Balançoire par exemple, et il avait au moins le grand avantage de rappeler quelque chose.

La Maladrerie, sur l'emplacement de laquelle la rue fut ouverte, était un hospice civil et militaire. Puisque l'administration en changeant le nom de cette rue obéissait au *vœu de la population*, il est à regretter qu'elle n'ait pas été plus heureuse dans son choix, et qu'au lieu de la décorer du nom de Bellevue, elle ne lui ait pas donné le nom d'un homme qui lui aussi a été un des bienfaiteurs de notre commune : le nom de rue Chauvel, tout en étant moins prétentieux, eut été d'un meilleur goût.

Il est encore une voie dont peu de personnes connaissent l'origine, bien qu'elle ne se perde pas dans la nuit des temps : les rues de Sèvres et de Saint-Denis, autrefois appelées vulgairement chemin de la Révolte. Cette route, partant de la route de Versailles, aboutissait à Saint-Denis en traversant la plaine et le bois de Boulogne. Sous Louis-Philippe et avant la transformation de la plaine de Boulogne, cette voie était classée comme route départementale.

En 1750, sous le règne de Louis XV, les assassinats, les disparitions de jeunes gens et d'enfants se multipliaient à Paris, le peuple accusait hautement la cour et la noblesse d'encourager ces crimes. Les propos les plus extravagants circulaient sur ces méfaits. On prétendait que ces crimes n'avaient pour cause que le besoin qu'avaient de hauts personnages de prendre des bains de sang, pour guérir les maladies engendrées par la dépravation de leurs mœurs. De là des émeutes presque quotidiennes, dans lesquelles la police, alors à son enfance, n'avait pas toujours le dessus. Louis XV effrayé de ces troubles continuels, n'osant plus traverser Paris pour aller de Versailles à Compiègne, fit ouvrir une route à Boulogne, allant de la route de Versailles à Saint-Denis en passant près de Saint-Ouen (1).

Cette voie a depuis été coupée par le champ de courses du bois de Boulogne d'une part, et d'autre part par la cession que fit la commune d'une partie de la rue Saint-Denis, à M. de Rothschild.

Puisque nous parlons des rues, nous nous permettrons encore une observation. Pourquoi avoir donné le nom de rue Guttenberg à une des rues nouvelles de Boulogne? Un de nos amis demandait un jour à un habitant du pays, homme posé et touchant tant soit peu à l'administration, pour quelle raison cette rue portait ce nom : « Ma foi, je crois, répondit-il, que c'est parce que dans le temps un riche propriétaire du nom de Guttenberg habitait cette rue. »

---

(1) *Mémoires d'un agent de police*, par M. X***, page 42. Arthème Fayard, éditeur, rue des Noyers.

Encore un nom à modifier, bien que Guttenberg rappelle au souvenir l'inventeur de l'imprimerie, nous croyons que le nom du moindre fils de Boulogne ferait mieux notre affaire. Pourquoi ne pas l'appeler rue Pierre-Danet, du nom de son premier curé, ou Nicolas-Myette, l'un des fondateurs de l'église, enterré dans une des chapelles?

La mairie de Boulogne, installée d'abord Grande-Rue dans la maison portant aujourd'hui le n° 35, puis, dans un bâtiment attenant à l'église, a été établie où nous la voyons maintenant en 1846, sous l'administration de M. Ollive. Avant 1846 elle était, répétons-le, adossée à l'église, près de l'entrée principale, ainsi que la représente notre dessin.

Il est fortement question de transporter la maison de ville sur le nouveau boulevard qu'on ouvre actuellement près du marché. Cet édifice municipal serait plus au centre de la ville et donnerait à ce quartier une nouvelle importance, en lui apportant le mouvement dont il a tant besoin.

Le bâtiment actuel nous semble parfaitement disposé pour établir un hôpital appelé à compléter l'ensemble des établissements charitables de Boulogne. Il rendrait à notre population ouvrière de très grands services en permettant aux malades et aux blessés de recevoir plus promptement l'assistance qui leur est nécessaire.

Nous ne devons pas, en terminant cet aperçu, passer sous silence des faits historiques tout à l'avantage de notre patriotique population.

Nous voulons parler de l'invasion, des grands événements de 1814 et 1815.

Nous empruntons les détails qui suivent au livre de M. Baume sur Boulogne :

« Le 30 mars 1814, Paris étant attaqué du côté du nord et de l'est par les armées alliées, vers le soir de ce jour, les tirailleurs ennemis ayant atteint le pont de Neuilly, se répandirent dans la plaine qui se trouve resserrée entre la Seine et le mur d'enceinte du bois et se dirigèrent par Longchamp sur Boulogne. A l'approche de ces guerriers ennemis, les habitants effrayés se mirent à fuir en masse ; le pont de Saint-Cloud était encombré de fuyards, emportant à la hâte, sous leurs bras, les uns du pain seulement, et les autres quelques effets : c'était un sauve-qui-peut général ; et les habitants de Saint-Cloud, mus par les mêmes craintes, ne tardèrent pas à imiter les habitants de Boulogne. N'en soyons cependant pas surpris ; il y avait si longtemps que le sol de la patrie, si près de Paris, n'avait été foulé aux pieds par des soldats étrangers !

» En 1815, le 1er et le 2 juillet, par un soleil ardent, Paris fut de nouveau attaqué par les étrangers coalisés, c'est-à-dire par l'Europe entière ; car ce n'est pas trop de toute l'Europe pour vaincre, et encore à la longue, notre belle et puissante France. Cette fois l'attaque eut lieu d'un autre côté de Paris : Saint-Cloud, Sèvres, Meudon et Issy furent le dernier champ de bataille. La rive droite de la Seine, à Boulogne, était occupée par les Français qui avaient fait sauter le pont de Saint-Cloud ; la rive opposée était

ÉGLISE NOTRE-DAME DE BOULOGNE EN 1835

occupée par les Prussiens. Pendant cette bataille, bon nombre d'habitants de Boulogne, animés de l'amour de la patrie, mêlés aux tirailleurs de l'armée française, dispersés dans les blés qui, alors, dans cet endroit, bordaient la Seine, faisaient bravement feu sur les Prussiens.

» Trente mille Anglais, restes de Waterloo, campés dans le bois de Boulogne qui fut alors presque entièrement détruit par eux ; dans ce bois qui l'année d'auparavant avait alimenté les feux de bivouac de ces hommes à demi barbares, venus des confins de l'Europe, des bords du Don, et qu'on connaît sous la dénomination de Cosaques »

Depuis 1856, Boulogne possède une des voies les plus belles que l'on puisse créer. Nous avons nommé le boulevard de l'Empereur. Ce boulevard, ou plutôt ce quai qui côtoie la Seine depuis le pont de Saint-Cloud jusqu'au bois de Boulogne (champ de courses), est devenu la promenade favorite des habitants. Cette voie, bordée d'un côté par la Seine de l'autre par de magnifiques habitations, n'a, ni comme luxe ni comme animation, rien à envier aux promenades les plus renommées.

Deux choses nuisent pourtant à sa beauté :

La première le port placé près du pont. Si encore il ne nuisait qu'à la perspective il n'y aurait pas de mal ; mais messieurs les débardeurs ou déchargeurs de bateaux, ont de ces conversations quelquefois par trop *pittoresques* où la pantomime vient en aide aux expressions, et qui sont assurément bien faites pour faire fuir les paisibles promeneurs.

La seconde est le manque d'éclairage. Croirait-on que cette voie, la plus remarquable du pays, n'est pas éclairée ? Nous ne considérons pas comme éclairage les quelques veilleuses dont l'installation est due aux propriétaires de ce boulevard.

En somme, Boulogne est à coup sûr la commune la mieux située des environs de Paris. Sa proximité de la capitale, ses moyens de transport, qui pourraient, eux, être de beaucoup améliorés, la recommandent tout spécialement au choix des Parisiens. Avec une bonne administration et quelques réformes salutaires, Boulogne, en moins de dix ans, compterait plus de 30,000 habitants.

Nous ne parlons pas ici de Billancourt, ce quartier tout à fait distinct de Boulogne, et qui fera l'objet d'un chapitre spécial.

Une particularité digne de remarque : Boulogne est de tous les environs de Paris la seule ville où les habitants vivent aussi complétement isolés les uns des autres. Il faudrait à Boulogne non-seulement, un théâtre, mais un cercle, lieu de réunion où chacun pourrait se voir, s'apprécier, se connaître, où l'on pourrait aller, certain d'avance de se trouver en bonne compagnie. De cette réunion naîtrait une sorte d'association amicale, de confraternité, pouvant rendre d'excellents services à la commune.

Une création utile encore, ce serait un journal, organe de la commune et même des communes environnantes, qui ferait connaître les dispositions prises au sein du conseil municipal, tiendrait le public au courant des arrêtés des préfets et des maires, où l'on discuterait l'utilité de telle ou telle mesure, où l'on pourrait même, le cas échéant, blâmer l'administration de certains actes, ou lui rappeler les travaux de voirie à exécuter dans certains quartiers par trop abandonnés de l'édilité boulonnaise ; ce serait enfin une sorte de tribune libre où chacun pourrait donner son opinion, sur des questions d'intérêt public ou même d'intérêt privé.

Des journaux me dira-t-on ont déjà été fondés dans ces conditions à Boulogne et, après quelques mois d'existence, ils ont disparu. Tant pis pour les Boulonnais, dirons-nous, qui n'ont pas compris l'utilité de semblables organes. Pensent-ils que ce sont les journaux parisiens qui défendront leurs intérêts ? Ne se souviennent-ils plus que si la bibliothèque existe, on la doit surtout à l'*Ouest parisien*, et que sans le journal de notre concitoyen et ami Jules Mahias, le *Journal de Boulogne*, la crèche serait encore à l'état de projet.

NOTRE-DAME DE BOULOGNE-SUR-MER

LÉGENDE (1)

Sous le règne du roi Dagobert, l'an 633 ou 636, arriva, au port de Boulogne-sur-Mer, un vaisseau sans rames et sans matelots, conduit uniquement par la main de Dieu ou par le ministère des anges, et dans lequel était une image de la sainte Vierge.

Ce précieux trésor venait-il, comme c'est l'opinion la plus commune et la plus vraisemblable, de quelqu'une des églises de la Palestine qui, au commencement du XVIIe siècle, furent le théâtre et les victimes des fureurs sacriléges et dévastatrices des Sarrazins, sectateurs de Mahomet?... Venait-il de quelque autre contrée où le christianisme s'était établi?... Cette question, étrangère au but que nous nous proposons, nous n'entreprendrons pas de la résoudre, et nous nous bornerons à dire, d'après tous les historiens qui en ont parlé, que cette sainte image arriva au port de

---

(1) Cette légende, que nous ne voulons apprécier en aucune façon et que nous reproduisons à titre de document, est extraite du *Précis historique de la fondation de l'église de Notre-Dame de Boulogne-sur-Seine*, par M. le curé Le Cot (1853).

Boulogne au moment où se faisait en public la prière dans une chapelle de la ville haute ; chapelle pauvre et couverte de genêts et de joncs marins.

Pendant que les fidèles priaient ainsi en commun, leur apparut la sainte Vierge, qui les avertit que dans leur rade se trouvait un vaisseau dépositaire de son image qui fallait placer dans le lieu même où ils étaient assemblés, et en même temps elle leur indiqua un terrain où ils n'auraient qu'à creuser pour se procurer ce qu'il leur serait nécessaire pour la construction d'un édifice plus convenable et plus digne.

Aussitôt tous les fidèles de courir vers le port, impatients de voir par eux-mêmes cette embarcation miraculeuse qui venait de leur être révélée.

Arrivés près du vaisseau qui abordait sur le rivage, ils voient, en effet, une image de la sainte Vierge, image faite en bois en relief, haute d'environ trois pieds et demi, et tenant sur son bras gauche l'enfant Jésus.

Alors fut ordonnée une procession solennelle, pendant laquelle les prêtres et le peuple ne cessaient de faire retentir les airs des transports de leur joie, de leur admiration et de leur reconnaissance.

L'image sainte, reçue avec toute la vénération qui lui était due et toute la piété qu'elle inspirait, fut portée en triomphe par les membres du clergé les plus distingués, pendant que les autres, de concert avec la foule immense des fidèles, chantaient des cantiques d'allégresse en l'honneur de la reine du ciel et de la terre. Parvenus dans le saint lieu qu'elle s'était choisi elle-même, ils l'y déposèrent conformément aux ordres qu'ils en avaient reçus.

Bientôt s'éleva une basilique en l'honneur de cette nouvelle patronne de Boulogne; et à peine fut-elle achevée, que Dieu témoigna par des marques si sensibles de sa puissance qu'il agréait le culte qu'on y rendait à sa sainte mère, qu'elle ne tarda pas à devenir un lieu de pèlerinage des plus célèbres de la chrétienté. Nous en avons pour preuves irrécusables, indépendamment des nombreux miracles qui s'y opéraient, les divers hôpitaux fondés pour servir d'asile aux pèlerins malades ou nécessiteux, tels que celui de Sainte-Catherine, celui de Saint-Inglevert, bâti par Oilard, seigneur de Wimille, celui de Saint-Nicolas, sur la paroisse de Saint-Etienne-lès-Boulogne, dans lequel étaient reçues particulièrement les femmes enceintes forcées par leur position d'interrompre leur pieux voyage.

Viennent encore confirmer cette assertion bon nombre de monuments religieux élevés en différents endroits sous l'invocation et sur le modèle de la basilique de Notre-Dame-de-Boulogne, tels que la chapelle érigée par les marins de la côte boulonnaise dans l'église de Cremarest, celle du vieux château d'Arras, etc., etc. Mais le plus considérable de tous ces pieux monuments est, sans contredit, l'église de Notre-Dame-de-Boulogne sur Seine, près Paris, dont les premiers fondements furent posés en 1319, sous le règne et par les ordres de Philippe le Long.

Ce religieux monarque déclare dans l'une de ses lettres qu'il a pour agréable le zèle et la ferveur de plusieurs notables citoyens de Paris, qui, ayant eu la dévotion d'aller tous les ans en pèlerinage à Boulogne-sur-Mer, la voulaient conserver et entretenir par l'établissement d'une confrérie et la construction d'une église à la gloire de Dieu et de sa bienheureuse Mère (1)

(1) *Histoire de Notre-Dame de Boulogne-sur-Mer*, par M. Antoine Leroi.

LA CROIX CATELAN

LÉGENDE

Les monuments élevés à différentes époques, dans le bois de Boulogne, ont presque tous disparu. Ils n'ont pas survécu aux princes qui les avaient fait bâtir ou à ceux qui tenaient beaucoup à leur conservation. Tel fut, entre autres, le sort du charmant séjour qu'on appelait le château de Madrid. Bagatelle même, bien qu'il existe encore, n'est plus qu'une retraite délicieuse, une merveille de l'art architectural, mais ne rappelant qu'à grand'peine sa splendeur et sa gaîté d'autrefois.

Cependant à côté de ces charmantes demeures, témoins de tant de fêtes et de tant de choses, dont les murailles, si elles n'étaient muettes, révéleraient tant de faits ensevelis vivants dans la tombe du passé ; il faut citer avec un respect plus profond et plus durable, une simple croix de pierre, grossièrement façonnée, et presque oubliée au milieu du bois. Cette croix, six fois séculaire, a reçu le nom de Croix-Catelan, en mémoire de celui pour qui elle fut élevée. Elle porte

4

bien réellement l'empreinte des siècles écoulés, l'herbe pousse chaque année, avec une régularité parfaite, entre les pierres qui lui servent de bases ; nos pères, nos aïeux et nos bisaïeux sont venus, à tour de rôle, y graver leur nom ; enfin elle n'est plus aujourd'hui qu'une colonne mutilée.

Est-ce tout? Non ! cette simple croix, cette pierre pauvre, rongée par les siècles, contient tout un enseignement.

Ecoutez la légende transmise, pieusement, d'âge en âge, par la génération qui s'en va à la génération qui vient :

C'était au treizième siècle, sous le règne de Philippe-le-Bel, Boulogne, ou plutôt le *Menus*, avait dans ce temps là vingt-cinq chaumières. Il existait alors un troubadour fameux, nommé Arnaud Catelan, qui s'était fixé à la cour de Béatrice de Savoie. La grande réputation du poëte engagea le roi de France à le faire venir à sa cour. Catelan y consentit, et comme Philippe-le-Bel séjournait à Passy, il envoya au devant du troubadour une escorte pour le protéger contre les malfaiteurs qui infestaient alors la forêt de Rouvray (c'était, on le sait, le nom que portait à cette époque le bois de Boulogne).

Le commandant de l'escorte, qui savait fort bien que Catelan était porteur de riches présents destinés au roi, assassina l'infortuné poëte pour s'en emparer, et revint dire à Philippe-le-Bel que le sire de Catelan ne s'était point trouvé au rendez-vous.

La forêt fut aussitôt fouillée de tous côtés et on découvrit, à force de recherches, le corps du troubadour.

De grands honneurs funèbres lui furent rendus, et, afin de perpétuer le souvenir du crime commis en cet endroit, on éleva cette croix, que le peuple s'accoutuma d'appeler : Croix-Catelan.

Plusieurs années s'écoulèrent, et, malgré les plus actives investigations, les assassins restaient impunis.

C'est maintenant que se place l'enseignement que nous rappelle la croix de pierre.

Les coupables, qui se croyaient sûrs désormais de l'impunité, eurent l'imprudence d'employer des parfums dérobés par eux à leur victime et qu'on ne fabriquait alors qu'en Provence, patrie de Catelan. Cet indice mit la justice sur la trace des assassins du malheureux poëte ; ils furent condamnés à être brûlés vifs et à petit feu, et ils subirent leur châtiment.

Ainsi donc, cette croix humble et pauvre, étrangère aux plaisirs du pré, son voisin, auquel on a donné cependant, comme on le lui donna à elle-même six cents ans auparavant, le nom du troubadour Catelan, cette croix, dis-je, peut apprendre aux hommes qu'il est bien rare qu'un crime, fût-il enveloppé du plus grand mystère, reste toujours impuni.

Statistique de la population de Boulogne de 1815 à 1866.

De 1815 à 1821, Boulogne comptait 3,325 habitants.
De 1822 à 1826,   —   —   3,266   —
En 1827,   —   —   3,291   —
De 1828 à 1832,   —   —   3,864   —
De 1833 à 1835,   —   —   5,273   —
En 1836 et 1837,   —   —   5,391   —
En 1838,   —   —   6,016   —
En 1839,   —   —   5,993   —
De 1840 à 1843,   —   —   6,016   —
En 1844,   —   —   6,906   —
En 1845 et 1846,   —   —   6,303   —
En 1847,   —   —   7,290   —
De 1848 à 1852,   —   —   7,847   —
De 1853 à 1857,   —   —   7,602   —
De 1858 à 1861,   —   —   11,378   —
De 1862 à 1866,   —   —   13,944   —
En 1866, dernier recensem.   —   17,343   —

Le nombre des électeurs inscrits est aujourd'hui de 4,600.

CHRONOLOGIE

DES

Curés de l'église de Notre-Dame de Boulogne depuis sa fondation.

Pierre Danet, prieur, prébendier de
Saint-Paul . . . . 1330 à 1338
Nicolas Myette, chanoine fondateur de
l'église . . . . 1338 à 1383

G. de la Chanolle.	1383 à 1399
Jacques Nivelle.	1399 à 1403
Robert Lyotte.	1403 à 1515
Jean Mondinot	1515 à 1572
Germain Huron.	1572 à 1600
Thomas L'Esbagy.	1600 à 1649
Gilles Guillier.	1649 à 1681
Guillaume Leclerc	1681 à 1683
Louis Leclerc	1683 à 1701
Claude-Jules Duval.	1701 à 1743
Charles-François Henoc.	1743 à 1808
Legrand	1808 à 1832
Duchesne	1832 à 1838
Dufort	1838 à 1848
Guillaume Le Cot	1848 à 1868
A.-G. Esnault, curé actuel.	1868

CHRONOLOGIE

DES

Maires ayant administré la Ville de Boulogne depuis 1789.

MM. Pance.	de 1789 à 1793
Vauthier	1793 à 1814
Noël	1814 à 1820
Bosselet	1820 à 1829
Collas.	1829 à 1840
Sciard.	1840 à 1844
Ollive.	1844 à 1855
Thieble.	1855 à 1864
Dobelin.	1864

Administration municipale.

Maire, M. Dobelin, rue de Belle-Vue, 10.
1er Adjoint, M. Tisserant, rue de Billancourt, 20.
2me Adjont, M. Houdart, rue de Billancourt, 63.
Secrétaire de la Mairie, M. Roseau.
Chef de l'Etat civil, M. Hamille.
Receveur municipal, M. Sappey.

Conseil municipal.

MM. Pétibon Jean-Antoine, rue de l'Eglise, 15; Corrard Théodore-Louis, Grande-Rue, 81; Cora Georges, rue des Tilleuls, 82; Pichard Gracius-Louis, rue de Billancourt, 9; Breuillé Jacques-Louis, rue d'Aguesseau, 42; Coulon Victor-Simon, rue d'Aguesseau, 54; Brené Alexandre-Victor, Impasse Gonet; Laurant Alfred-Amboise, Grande-Rue 83; Jouannot Alexandre, Grande-Rue, 114; Béchu Auguste-Alfred, rue des Abondances, 29; Vergniolle François, rue Lamandé, 12, Batignolles; Huon, Alexandre-Julien, rue du Vieux-Pont de Sèvres, 12; Elambert Noé-Victor, rue de Meudon; Deschamps, rue de Sèvres, 36; Bernier René-Camille, rue de Billancourt, 31; Petit Mayeur Pierre, rue de Saint-Denis, 3; Barbu Paul, rue du Château; de Bessé, Georges-Joseph, rue du Vieux-Pont de Sèvres; Verdier Paul-Joseph, rue de Billancourt, 36; Raverot Raphaël, rue de Fessart, 5; Fauchaut Jean-Modeste, Grande-Rue, 59; Courty François-Frédéric, rue de Belle-Vue, 15.

Dans les communes de 10,000 à 30,000 habitants, le Conseil municipal se compose de 27 membres (loi du 5 mai 1855) par suite de la démission de MM. Griminy et Cominal, le Conseil est réduit à 25 membres.

Paroisse Notre-Dame de Boulogne.

MM. l'abbé ESNAULT, curé;
— KERKOS, 1ᵉʳ vicaire;
— DUVAL, 2ᵐᵉ vicaire;
— COGNAT, 3ᵐᵉ vicaire.

Conseil de Fabrique.

MM. l'abbé ESNAULT; Charles DOBELIN; HOUDART, Président; Auguste HÉBERT, Secrétaire; PATRY, Trésorier; Charles HÉBERT, DENARD, AZUR, DIMPRE, BOITEUX, BRISSE, Conseillers.

Délégués Cantonnaux.

MM. DOBELIN, CORRARD, DEMAY.

Délégués Communaux.

MM. de BEAUPRÉ, docteur BEZANÇON, LAURANT.

Contributions indirectes.

Percepteur : M. GONOD D'ARTEMARE, rue Escudier, 75.

Commissaires Répartiteurs.

MM. PETIT MAYEUR, rue de Saint-Denis, 3; BINZELMANN, rue de Fessart, 44; FRANÇOIS, rue de la Concorde, 4; CHAFFAROUX, route de Versailles, 157; HOREAU, rue du Point-du-Jour; GRENET, J. B., Grande-Rue, 91; JANET, chaussée du Pont, 13; BERTAUX, route de Versailles, 190; DENARD, rue d'Aguesseau, 22; BRENÉ, impasse Gonet.

Commissions des logements insalubres.

M. HOUDART, président; MM. BOCQUET, rue de Paris, 162; GRELAT, Grande-Rue, 81; PETIBON, rue de l'Eglise, 15; LEVASSEUR, rue des Tilleuls.

Administrateurs de la Caisse d'Épargne.

SUCCURSALE DE BOULOGNE.

MM. AZUR, rue de Billancourt, 35; BARBIER JOYEUX, route de la Reine, 137; BAUDOT, rue de la Plaine, 24; BÉCHU, rue des Abondances, 29; BERNIER, rue de Billancourt; de BESSÉ, rue du Vieux-Pont de Sèvres; BOCQUET, rue de Paris, 162; BOURDIN, boulevard de l'Empereur, 8; BRENÉ, impasse Gonet; CHAFAROUX, route de Versailles, 57; CLAUDE, rue de la Concorde, 7; CLAUSSE, route de Versailles, 216; COULON, rue d'Aguesseau, 44; COURTY, rue de Belle-Vue, 15; DÉMAREST, Grande-Rue, 70; DOBELIN, rue de Belle-Vue, 10; ELAMBERT, rue des Princes, (Billancourt); FAUCHAUT, Grande-Rue, 59; FRANCHE, avenue de Longchamps, 3; FRANÇOIS, rue de la Concorde, 4; GRENET Auguste, boulevard de l'Empereur, 24; HOREAU, rue du Point-du-Jour; HOUDART, rue de Billancourt 63; JALBAUD, rue Neuve-d'Aguesseau, 126; JANET, Chaussée-du-Pont, 13; JOUANNOT, Grande-Rue, 114; LAMBERT, rue de l'Eglise, 7; LAURANT, Grande-Rue, 83; LEMAN, rue de Paris, 33; le baron de LORCET, rue de Billancourt, 23; LEMOINE, Grande-Rue, 58;

MANOURY, rue d'Aguesseau, 44; le comte du MESNIL du BUISSON, rue de la Tourelle; PETIT MAYEUR, Grande-Rue, 88; PETIBON, rue de l'Église, 15; PHILIPPE, à Suresnes; QUESNEY, Grande-Rue, 125; RENAULT, rue Neuve, 7, à Versailles; ROBIN, à Billancourt; ROBLOT, rue de la Mairie, 6; le baron de ROTHSCHILD, avenue de Longchamp; SERVAS, rue de Montmorency, 13; SOUNIER, route de Versailles, 166; THIEBLE, rue Escudier; TISSERANT, rue de Billancourt, 20; VALLOT, à Auteuil; VERDIER, rue de Billancourt, 36.

La Caisse d'Epargne est à la mairie, elle est ouverte tous les dimanches de 9 heures à midi, excepté les quatre grandes fêtes.

Garde nationale, 39ᵐᵉ bataillon.

ÉTAT MAJOR.

MM. GIROD, commandant; CLAUDE, adjudant major; HERGAULT, chirurgien major; GRELAT, BEZANÇON, aides major; FRANÇOIS - GRACIEN, capitaine rapporteur; DELISLE, lieutenant rapporteur; LAURANT, lieutenant secrétaire; VAUVERDRIE, sous-lieutenant secrétaire; GARCELON, porte-drapeau; GUIMBAL, chef de musique; BRUNAT, adjudant sous-officier.

SAPEURS-POMPIERS.

MM. MALOT, capitaine; E. DESCANT, lieutenant; GOBET, sous-lieutenant; CHERON, sergent-major.

1ʳᵉ Compagnie.

MM. RAFFARD Alexandre, capitaine; CORA, lieutenant; ARNOLD, sous-lieutenant; JANIN, sergent-major.

2ᵐᵉ *Compagnie.*

MM. Hivet, capitaine; Lièvre Arthur, lieutenant; Bouc sous-lieutenant; Faradèche, sergent-major.

3ᵐᵉ *Compagnie.*

MM. Tourfault, capitaine; Retrouvé, lieutenant; Descoins, sous-lieutenant; Evrard, sergent-major.

4ᵐᵉ *Compagnie.*

MM. Manoury, capitaine; Compoint, lieutenant; Merleaud, sous-lieutenant; Dever, sergent-major.

5ᵐᵉ *Compagnie.*

MM. Bourdin, capitaine; Remond, lieutenant; Fabre, sous-lieutenant; Brisset, sergent-major.

6ᵐᵉ *Compagnie.*

MM. Guibert, capitaine; Huon, lieutenant; Legent, sous-lieutenant; Gille, sergent-major.

L'ENSEIGNEMENT

Salle d'asile. — Écoles communales. — Cours d'adultes. — Association philotechnique. — Bibliothèque.

Nous plaçons à dessein sous la même rubrique tout ce qui, à Boulogne, tient à l'enseignement, depuis la salle d'asile jusqu'à la bibliothèque. Nous ne nous occupons, bien entendu, que des institutions purement communales. Les maisons d'éducation libres n'en sont pas moins dignes, à coup sûr, de la considération et de l'estime dont les entoure la population, mais on comprendra pourquoi notre sujet ne comporte forcément que l'enseignement municipal.

La salle d'asile, que nous trouvons, en 1836, dirigée par des sœurs de la Présentation de Tours, puis la même année jusqu'en 1845 par Mlle Yvelin (depuis Mme Mahias), était établie dans le bâtiment des écoles sis derrière l'église, du côté de la rue de ce nom. C'est la première institution scolaire qui fut installée rue Fessard, où toutes les écoles ont été établies six ans après. En 1854, lorsqu'on déplaça la salle d'asile, la délégation communale émit le vœu de voir toutes les écoles reconstruites. Ce vœu répondait à de légitimes besoins et aux sentiments unanimes des habitants. Les bâtiments, encore occupés en 1860 par les écoles communales de garçons et de filles, sur l'emplacement du vieux cimetière de la commune, étaient depuis longtemps insuffisants et incommodes.

En 1845, la salle d'asile eut pour directrice Mlle Brunache, ensuite Mme Delacquis et enfin les sœurs de Saint-Joseph, qui dirigent encore aujourd'hui cet établissement, où on ne comptait pas moins de trois cent vingt-trois enfants en décembre dernier. En 1855, la population de l'asile n'était que de cent quatre-vingt-dix-huit enfants.

Il y a lieu aussi de tenir compte de la salle d'asile créée à Billancourt, dirigée par les sœurs de Sainte-Marie, et qui, peuplée par cent vingt-six enfants en 1864, l'est aujourd'hui par cent soixante.

L'école communale des filles était dirigée, en 1836, par les sœurs de la Présentation de Tours. Il paraît que des difficultés sérieuses s'élevèrent à cette époque, à propos des méthodes d'enseignement, entre les sœurs, dont la capacité était fort contestable, et l'administration municipale. Quoi qu'il en soit, ces sœurs furent remplacées, en cette même année 1836, par une institutrice laïque, Mme Lasniez, qui dirigea avec beaucoup de zèle et de dévouement cette école jusqu'en 1854. Une pension viagère de 300 fr. fut accordée à Mme Lasniez sur la proposition de la délégation communale. Les sœurs de Saint-Joseph succédèrent à Mme Lasniez. L'école communale de filles comptait, en décembre 1868, quatre cent douze élèves, et l'école de filles de Billancourt, dirigée par les sœurs de Sainte-Marie, cent élèves.

L'école communale de garçons a été dirigée, de 1834 à la fin de 1848, par M. Huttemin. C'est dire que pendant quinze ans cet instituteur a réuni autour de lui la grande majorité des enfants de la commune. Il a laissé d'excellents souvenirs dans l'esprit de ses nombreux élèves. M. Huttemin a été provisoirement remplacé par M. Didier, puis par M. Charpentier, qui établit des cours d'adultes et d'apprentis, puis enfin par l'instituteur communal actuel, M. Bricongne, auquel il était réservé de voir, sous son intelligent professorat, se réaliser d'importantes améliorations et d'utiles innovations

Ce fut en effet, en 1862, que l'école dirigée par M. Bricongne fut installée rue Fessard. Tout le monde sait qu'un honorable habitant de la commune, M. Escudier a généreusement offert une somme de 100,000 fr. pour la construction de cette école. La commune a ajouté 60,000 francs, et le bâtiment actuel, qui peut à bon droit servir de type pour une école modèle, a été érigé. Aussi, peut-on dire, avec un journal spécial, *le Manuel général de l'institution primaire*, dirigé avec talent par M. Ch. Defodon, et qui veut bien nous communiquer les plans ci-joints, que « des efforts réunis de l'ini- « tiative privée et de l'administration municipale ré- « sultait la construction de ce remarquable bâtiment « d'école qui peut rivaliser, sinon en magnificence « extérieure, du moins pour l'étendue, la commodité « et l'élégance, avec les plus beaux établissements « scolaires de la capitale. »

Cette école, entièrement gratuite et où les fournitures scolaires sont gratuitement données aux élèves (1), abrite aujourd'hui 432 enfants (l'école communale de garçons de Billancourt, dirigée par M. Blanchet, compte 174 enfants), et donne également asile aux cours d'adultes, aux conférences de l'association philotechnique, aux études de l'orphéon municipal et aux personnes qui désirent profiter des livres de la bibliothèque.

---

(1) La somme inscrite au budget municipal pour cette dépense s'élève à 30,000 francs.

Façade principale de l'école de Boulogne-sur-Seine. — Premier bâtiment longueur, 40 mètres; largeur, 10m50; hauteur, 5 mètres.

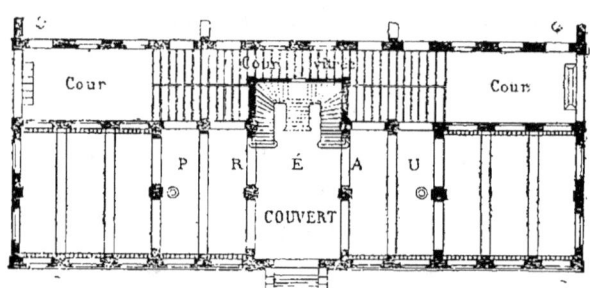

Plan du rez de chaussée. — Premier bâtiment.

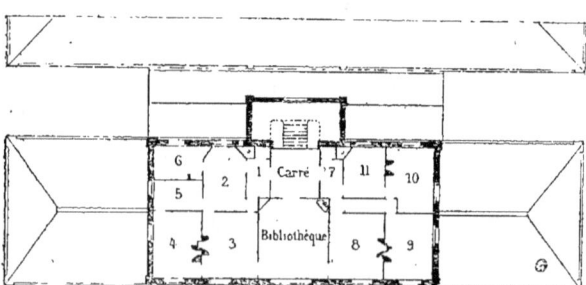

Plan du premier étage. — Premier bâtiment.

1. Antichambre de l'instituteur. — 2. Salle à manger. — 3 et 4. Chambres à coucher. — 5. Cabinet. — 6. Cuisine. — 7. Antichambre des maîtres-adjoints. — 8. Cabinet de travail de l'instituteur. — 9, 10 et 11. Chambres des maîtres-adjoints.

Élévation du bâtiment des classes sur la cour de récréation. — Mêmes proportions que celles du premier bâtiment.

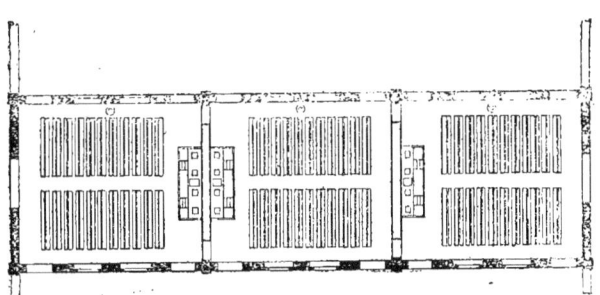

Plan des classes.

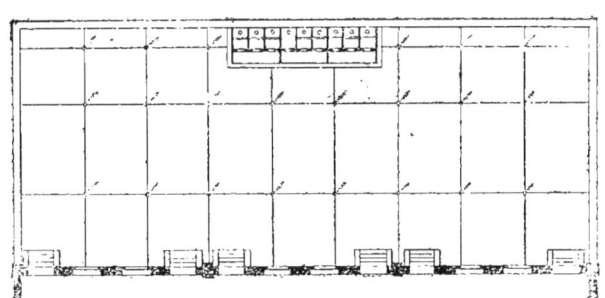

Cour de récréation. — Longueur, 40 mètres; largeur, 18 mètres.

5

Et, à côté de la crèche, de la salle d'asile, des écoles communales et libres, s'il est des institutions qui méritent hautement les sympathies publiques, ce sont assurément les cours d'adultes, ceux de l'association philotechnique et la Bibliothèque. C'est avec raison qu'à notre époque on ne songe pas seulement aux enfants, on s'occupe également des jeunes gens qui, à peine sortis des classes, seraient intellectuellement abandonnés à eux-mêmes, si les cours d'adultes ou ceux de l'Association philotechnique et les livres de la Bibliothèque communale, ne s'offraient à eux pour persévérer dans l'étude. Les cours d'adultes font plus encore : on y enseigne à lire et à écrire à tous ceux que les parents, par une indifférence coupable, ont privé des premiers éléments de l'instruction primaire. On voit des hommes dans la maturité de l'âge, et même des vieillards s'asseoir sur ces bancs hospitaliers, où ils auraient dû prendre place vingt, trente, cinquante années plus tôt. Ces cours d'adultes devront forcément se modifier dans l'avenir. Car un jour viendra, et il est prochain, où tous les enfants, ayant appris à l'école primaire la lecture, l'écriture et les quatre règles, il ne sera plus nécessaire de leur donner ces leçons élémentaires. Les jeunes gens pourront alors assister à tous les cours de l'Association philotechnique. Ils viendront ainsi se perfectionner dans la langue française et l'arithmétique, apprendre la géographie, la géométrie, l'histoire, le dessin et même le chant et entendre d'excellentes leçons de chimie, d'économie domestique, de législation usuelle et d'hygiène. Ils pourront également se rendre à la Bibliothèque et

chercher dans de bons livres, en même temps
qu'un délassement à leurs fatigues physiques, une
saine et fortifiante nourriture intellectuelle. Les
cours de l'Association philotechnique et la Bibliothèque sont donc de puissantes institutions d'avenir
qui contiennent les germes bienfaisants de la diffu-
sion des lumières et, par conséquent, du principe es-
sentiel et, en quelque sorte, primordial des progrès
vrais et solides.

L'Association philotechnique de Boulogne et de
Saint-Cloud a été fondée en octobre 1864, avec le concours de l'Association philotechnique de Paris. Son
inauguration définitive a eu lieu le 15 novembre 1865.

Il y a quatorze ans, dans une publication concernant Boulogne, notre concitoyen, M. Jules Mahias,
réclamait la fondation dans notre commune d'une bibliothèque populaire. Son projet rencontrait quelques
hommes sympathiques, mais aussi combien d'indifférents, sinon de gens hostiles ! Depuis cette époque, il
ne se découragea pas, et dans la presse parisienne il
continua d'appeler toute l'attention et toute la sollicitude des hommes bien intentionnés sur la création
des bibliothèques populaires, qu'il appelait avec raison « le complément normal des écoles primaires. »
Boulogne ne fut pas la première commune qui accepta
ce progrès, mais, disons-le à sa louange, elle ne fut
pas la dernière. Huit ans après que M. Mahias en
avait émis le vœu, le 5 janvier 1864, se réunissait
pour la première fois la commission de la Bibliothèque
communale de Boulogne, nommée par arrêté municipal du 2 du même mois et composée de MM. Tisserant,

adjoint, délégué pour présider la commission, Le Cot, curé, Escudier, propriétaire (remplacé plus tard par M. Béchu, conseiller municipal), Petibon, conseiller municipal et délégué communal, Laurant, conseiller municipal, le docteur Bezançon, délégué communal, et Bricongne, instituteur communal, secrétaire de la commission et bibliothécaire. Le 8 février un appel était adressé aux habitants. On ne se bornait pas à leur annoncer l'excellente création dont leur commune était appelée à profiter; on s'adressait à leurs généreux sentiments. Cet appel ne pouvait manquer d'être entendu dans ce pays qui, suivant l'expression si juste de M. Jules Mahias, forme « depuis cinq cents ans » une communauté de laborieux artisans qui, de père » en fils, de génération en génération, ont considéré » le travail comme l'honneur même. » Ce sont les saintes épargnes du travail qui permettent aux Boulonnais de concourir à la création des œuvres utiles.

La Bibliothèque a été ouverte le 2 mai 1864 et, grâce aux efforts persévérants de la commission et au zèle de plusieurs de ses membres, la Bibliothèque communale de Boulogne est en pleine voie de prospérité. La salle de lecture est très suivie l'hiver. L'allocation du Conseil municipal est de 300 fr. par an. Le nombre des volumes est aujourd'hui de dix-huit cent soixante.

Bibliothèque communale! Cours et conférences populaires! Voilà des institutions qu'il faut sans cesse développer. A mesure qu'elles prospèrent, le peuple grandit.

NOTRE-DAME-DE-BOULOGNE

L'association mutuelle de Boulogne-sur-Seine, qui compte aujourd'hui seize années d'existence, fut une des premières sociétés de secours mutuels, fondées en vertu du décret du 26 mars 1852. En effet, moins d'un an après la promulgation de ce décret, qui donna à ces sociétés une organisation nouvelle, c'est-à-dire le 20 janvier 1853, l'association de Boulogne-sur-Seine se constituait. Le mois suivant, le 20 février, ses statuts recevaient l'approbation de M. le ministre de l'intérieur. Le 17 mai de la même année, l'honorable M. Valton, ancien avocat au conseil d'Etat et à la cour de cassation, était nommé président, et, dans l'assemblée générale du 3 juillet, le bureau était définitivement constitué ainsi : vice-présidents, MM. Le Cot et Léveillé ; trésorier, M. Hébert ; secrétaire, M. J. Mahias ; secrétaire-adjoint, M. Godart ; administrateurs, MM. Patry, Ravet, Couturier, Masson, Bourdin, Cotteret, Ballet, médecin, et Laurant, pharmacien. Enfin le 21 août 1853, la Société Notre-Dame-de-Boulogne était solennellement installée. Cette cérémonie fut à la fois civile et religieuse. A côté des autorités municipales et des officiers de la garde nationale, on remarquait Mgr Tirmache, ancien curé de Ham, évêque d'Adras, qui célébra la grand'messe.

A cette date le fonds social de la société naissante s'élevait à 229 fr., et le 7 janvier 1854 elle ne comptait encore que 69 membres participants et 7 membres honoraires.

Le 7 janvier 1855, M. Mahias donne sa démission des fonctions de secrétaire (il est remplacé par M. Cousin), motivant sa retraite sur le refus fait par la société d'admettre les membres participants dès l'âge de seize ans, comme le permet le décret fondamental du 26 mars 1852, et comme cela avait lieu déjà dans un certain nombre de sociétés, principalement à Paris.

En effet, la Société de Boulogne n'admettait, et n'admet encore, que les candidats âgés de vingt et un ans. Nous avons lieu de croire que cette mesure a été prise en raison du service militaire, qui pourrait atteindre un membre de la société si les associés étaient admis avant la conscription. Mais cette objection n'est pas considérée partout comme très sérieuse. Les personnes qui sont d'un avis opposé soutiennent, au contraire, qu'il serait préférable qu'on initiât les jeunes gens, le plus tôt possible, — dès que, pour ainsi dire, ils entrent dans la vie, puisqu'ils sont ouvriers, — aux excellentes pratiques de l'association et de la prévoyance. Si le sort appelle un associé à servir le pays, il quitte momentanément la société de secours mutuels à laquelle il appartient, mais s'il cesse de lui prêter son concours, du moins, ne lui est-il pas à charge, puisque pendant le temps qu'il demeure au service,

l'Etat en échange pourvoit à tous ses besoins matériels. Ces mêmes personnes ajoutent, — et recommandent surtout cette partie de leur argumentation à
celles qui ne partagent pas leur opinion à cet égard,
— que lorsque le jeune soldat revient dans ses foyers
et reprend son travail, il renoue aussitôt avec la société ses relations interrompues par la loi militaire,
avantage précieux pour lui, d'un côté, puisqu'il est
aussitôt garanti contre la maladie et par conséquent
contre la misère ; avantage non moins important pour
la société mutuelle, puisqu'elle retrouve un de ses
membres qui, peut-être eut été moins empressé, pour
beaucoup de motifs, d'entrer aussitôt dans son sein,
s'il ne lui avait pas autrefois appartenu.

Ces considérations méritent assurément d'être étu-
diées de nouveau.

Avant de reprendre l'ordre chronologique de divers
changements survenus dans le bureau de la société de
secours mutuels, et de poursuivre, en quelque sorte,
le résumé historique de cette association, nous en in-
diquerons sommairement les règles générales.

Ainsi pour être admis comme membre participant
de la société, nous venons de dire qu'il était indispensable qu'on eût atteint l'âge de vingt-et-un ans. Ajou-
joutons que le maximum d'âge fixé pour l'admission
est de cinquante ans. Les statuts exigent également
un séjour de six mois dans la circonscription de la
société.

Le but de la société tout le monde le sait, mais il
ne paraîtra pas inutile de le trouver indiqué ici, est le
suivant :

1° De donner les soins du médecin et les médicaments aux sociétaires malades ;

2° De leur payer une indemnité pendant le temps de leur maladie ;

3° De pourvoir à leurs frais funéraires ;

4° Elle pourra constituer des pensions de retraite.

Ces avantages, si importants pour le travailleur, peuvent être obtenus par tous les ouvriers ; car ils n'exigent que le paiement d'une cotisation de 1 fr. 50 par mois, soit cinq centimes par jour ! En vérité, en présence d'une cotisation aussi modique, on a peine à comprendre comment tous les travailleurs de la commune ne sont pas membres de la société. Est-ce réellement comprendre ses intérêts, sans parler des considérations morales , de négliger ainsi un moyen simple et pratique de se placer désormais à l'abri de la misère, qu'engendrent si souvent les maladies, les fatigues et les accidents occasionnés par le travail ? Car, comme il est dit plus haut, la société, en mère prévoyante, ne se borne pas à fournir, à l'un de ses membres malades, les soins d'un médecin et les médicaments qui lui sont nécessaires ; elle a compris qu'il était équitable qu'une indemnité pécuniaire vint réparer, dans les limites du possible, la brèche faite, par un chômage forcé, à la bourse du travailleur. Aussi, 1 fr. 25 par jour sont-ils alloués au malade pendant les deux premiers mois de sa maladie, 1 franc par jour pendant les deux mois qui suivent, 75 centimes par jour pendant les deux derniers mois du semestre. Donc, médecin, médicaments, visites fréquentes des associés nommés à cet effet, indemnité pécuniaire, tout cela peut être obtenu, moyennant une économie de cinq centimes par jour, faite pendant le temps de la bonne santé, de l'humeur joyeuse, du travail fécond!

Mais, combien de travailleurs, trop confiants dans leur organisation robuste et dans les forces vives de leur jeunesse, font bon marché de tous ses avantages, convaincus qu'ils n'auront besoin d'aucun secours. Et qui donc cependant, parmi nous, peut se vanter, en bonne conscience, d'être toujours bien portant! Mais lors même que nous serions certains, — personne cependant ne peut prévoir le lendemain! — mais lors même que nous serions certains, disons-nous, de braver la maladie, et d'avancer en âge sans payer notre tribut aux souffrances humaines, serait-ce une raison pour nous éloigner d'une association mutuelle? Bien au contraire, nous devrions, à plus forte raison, solliciter avec empressement notre admission parmi ses membres. Les cinq centimes, économisés chaque jour, viendraient en aide à nos compagnons d'atelier, et nous aurions ainsi accompli notre devoir et obéi, dans la mesure de nos forces, à la loi éternelle de la fraternité.

Comme tout a été prévu de façon à se montrer juste envers tous, la société a créé un droit d'admission qui s'élève en même temps que l'âge du candidat associé. De 20 à 30 ans le droit d'admission est de 10 fr.; de 30 à 40 ans, il est de 15 fr.; de 40 à 45 ans, il est de 20 fr.; enfin de 45 à 50 ans, il est de 25 fr.

Enfin la société peut constituer des pensions de retraite destinées à venir en aide aux vieillards.

Reprenons maintenant nos renseignements historiques :

24 mars 1855. — Premier placement à la Caisse des retraites.

6 juillet 1855. — Élection comme administrateurs de MM. Cotteret, Tourfault, Godot, Bourdin, Patry, Chambrin.

31 août 1855. — M. Ballet, médecin de la société, décédé, est remplacé par M. Hergaut.

29 décembre 1855. — Démission de M. Valton, président, qui, on s'en souvient, avait en même temps donné sa démission de conseiller municipal.

3 mai 1856. — Démission de M. Hébert, trésorier, qui a pour successeur M. Leveillé, remplacé lui-même comme vice-président par M. Bourdin.

— M. Houdart est nommé président.

— Bannière offerte par M. Valton.

5 octobre 1856. — Démission de M. le docteur Hergault.

18 janvier 1857. — Nomination de M. le docteur Naudot, comme médecin de la Société.

10 août 1859. — Décès de M. Leveillé, vice-président; M. Fabre est élu trésorier.

15 août 1860. — M. Barthélemy remplace M. Fabre comme trésorier.

14 octobre 1860. — Etablissement d'une caisse pour donner une indemnité de 50 à 100 fr. à la veuve ou aux enfants d'un sociétaire.

17 mai 1861. — Nomination du docteur Carlier comme médecin de la Société, en remplacement de M. le docteur Naudot décédé.

26 janvier 1863. — Adoption d'un réglement concernant la police des assemblées.

5 juillet 1863. — Election pour cinq ans de M. Bourdin, comme vice-président, et de MM. Patry, Barbu (André), Grimoin, Dénard, Cotteret père, Lequement, Lefebvre (Alexandre), Ravet, le docteur Carlier et Laurant, comme administrateurs.

25 novembre 1863. — Proposition adoptée de constituer des pensions de 100 francs aux sociétaires qui font partie de la Société depuis onze ans, et ont atteint soixante ans d'âge. L'âge pourra être élevé à soixante-cinq ans. Le chiffre pourra être abaissé ou élevé suivant les ressources.

10 janvier 1864. — Le capital social est de 21,277 fr., compte rendu annuel du président.

10 avril 1864. — Une décoration spéciale est offerte au président par les sociétaires.

— Médaille de bronze décernée à M. Cotteret père. M. Gaillardin, membre de la commisssion supérieure des sociétés de secours mutuels, est présent.

10 juillet 1864. — MM. Tourfault et Grenet sont nommés membres du bureau, en remplacement de MM. Barbu décédé, et Grimoin démissionnaire.

24 septembre 1864. — Démission de M. Cousin, secrétaire, — Il est remplacé par M. Servas.

— M. Barbu (Paul), déjà secrétaire-adjoint, est nommé trésorier-adjoint.

— M. le docteur Carlier, quittant Boulogne, donne sa démission ; son successeur comme médecin de la Société est M. le docteur Grelat.

15 octobre 1864. — Discussion à une réunion du bu-

reau au sujet de la liberté médicale et pharmaceutique.
— Refus motivé.

8 janvier 1865. — Actif social : 25,397 fr., compte-
rendu annuel du président.

31 mars 1865. — Rapport concluant à ce que des
secours médicaux et pharmaceutiques puissent être
donnés à des sociétaires habitant une localité autre
que la commune, siége de leur Société, mais où existe
une Société de secours mutuels, qui tout en la rempla-
çant, se fait rembourser ses avances, en admettant
toutefois que le sociétaire ait payé régulièrement sa
cotisation.

2 avril 1865. — Proposition de délivrer une feuille
constatant l'entrée de chaque sociétaire dans la Société. Cette proposition étant adoptée, M. Laurant
offre de faire imprimer ces feuilles à ses frais, ce qui
est accepté.

15 octobre 1865. — Conseils hygiéniques donnés
par le docteur. — Invitation d'assister aux cours de
l'association philotechnique faite par M. Laurant.

14 janvier 1866. — Capital social : 29,540 fr., compte
rendu annuel du président.

15 avril 1866. — M. Dobelin, maire, est nommé
président honoraire de la Société.

13 janvier 1867. — Capital social : 34,474 fr., compte
rendu annuel du président.

— Médaille de bronze à M. Cotteret père qui a ra-
mené à la Société le plus grand nombre de sociétaires nouveaux.— Mention honorable à M. Jean Mathys.

28 juillet 1867. — Vote d'une somme de 50 fr. pour
la création de la crèche.

— Médaille d'argent votée, à l'unanimité, à M. Barthélemy, trésorier.

12 janvier 1868. — Actif social: 39,532 fr., compte rendu annuel du président.

2 juin, 5 juillet 1868. — M. Janet est nommé secrétaire-adjoint en remplacement de M. Barbu, qui reste trésorier-adjoint.

5 octobre 1868. — M. Janet est élu secrétaire en remplacement de M. Servas démissionnaire, M. Ecker est nommé secrétaire-adjoint.

17 janvier 1869. — Le nombre total des sociétaires est de 260 membres honoraires et de 223 membres participants.

Le fonds social est de 45,628 fr., compte rendu annuel du président.

Nous n'avons rien à ajouter à ce résumé historique, qui démontre péremptoirement la prospérité toujours croissante de la Société de secours mutuels, sinon que nous formons l'espoir de voir s'augmenter le nombre de ses membres. A peine deux cents membres participants dans une commune de dix-huit mille habitants, ce n'est réellement pas assez.

Nous exprimons aussi un vœu à l'adresse des administrateurs. Ils ne sauraient tenir un trop grand compte des progrès du temps, notamment en ce qui concerne l'admission des femmes dans la Société de secours mutuels. Dans un pays comme Boulogne, essentiellement laborieux, ces questions-là ne sauraient être trop sérieusement examinées par tous ceux qui ont charge d'âmes.

CRÈCHE

Notre-Dame-de-Boulogne

Il est des erreurs qu'il faut combattre, des vérités qu'il faut démontrer. La classe ouvrière a toujours eu la déplorable habitude d'envoyer ses enfants en nourrice, de confier ces frêles existences à des mains mercenaires ; c'est cette funeste tendance que je veux combattre en prouvant à l'ouvrière qu'il est mille fois préférable pour elle de conserver ses enfants près d'elle, de les élever, de les former à la vie.

L'enfant n'est point né encore que le mari cherche si, au pays, il ne connaît pas quelqu'un qui, moyennant salaire, voudra se charger pendant dix-huit mois ou deux ans du sort de son enfant.

Il veut que la femme travaille afin de donner plus de bien-être au ménage. Si la mère garde l'enfant près d'elle et le nourrit, adieu le gain, tandis qu'en nourrice, moyennant une somme mensuelle, l'enfant sera soigné. L'enfant sera soigné ! — Croyez-vous, maris et femmes crédules, que loin de vous l'enfant recevra les mêmes soins, sera entouré des mêmes prévenances ? Croyez-vous qu'une femme qui, somme toute,

vous vend son lait comme une marchandise ayant
cours légal aura pour votre enfant les mêmes tendres-
ses que vous-mêmes, qu'elle s'apitoiera sur son sort,
fera attention à ses moindres plaintes, à ses moindres
pleurs? Erreur. Pour elle, votre enfant n'est qu'une
ressource de plus, et à ses yeux, il ne peut, ni ne doit
en aucun cas, lui faire négliger ses autres occupations.
Votre enfant aura des soins quand les travaux des
champs en laisseront le temps à sa nourrice, ce soir ou
demain !

Les nouvelles pourtant ne manquent pas. Tous les
huit jours régulièrement une lettre vous fait part des
progrès rapides de votre poupon, de sa croissance, de
sa santé, de sa bonne mine, on n'oublie pas surtout la
peine qu'il demande. Vous avez confiance, vous croyez !
Puis lorsque les dix-huit mois sont écoulés, que le moment de sevrer l'enfant est venu, vous vous décidez
à le faire venir. Combien de fois l'avez-vous vu pendant qu'il était en nourrice ! Deux ou trois fois au
plus. La distance....., la dépense vous ont empêchés
de faire des voyages plus fréquents. « Le bébé va revenir s'écrie la mère, qui elle a le plus souffert de
cette absence, le bébé va revenir. » Elle en est toute
joyeuse, à elle le premier baiser du petit être. Dans
son ardeur, elle court au chemin de fer, pour elle les
trains ne vont pas assez vite, ils doivent être en retard ! Dans son impatience, elle a devancé l'heure; le
cœur tout palpitant, l'âme anxieuse, elle attend, re-
gardant chaque bébé qui passe. « Le mien doit être
ainsi, se dit-elle en elle-même, pauvre petit être. »
Enfin l'heure a sonné, la nourrice se présente por-

teur de l'enfant. La pauvre mère s'attendait à le voir gros, gras, bien portant, riant de tout, criant en tendant ses petits bras, on lui présente un pauvre petit être chétif, malingre, souffreteux et grognon.

« Ce n'est rien, dit la nourrice qui voit votre surprise, ce n'est rien, ce sont les dents, qui l'ont un peu fatigué. » Vous regardez cette femme, son air calme, son flegme vous convainquent et vous croyez encore. Pourquoi ne lui aurait-elle pas donné les soins nécessaires, ne l'avez-vous pas toujours payée exactement ? Quel intérêt alors aurait-elle eu à vous tromper ?

La nourrice est partie, huit jours se passent, le pauvre petit être reste toujours aussi calme, aussi morne, l'inquiétude vous prend; si l'enfant était malade ! Vite le docteur. — « Pauvre enfant, il revient de nourrice n'est-ce pas ? c'est un enfant qui a pâti, il lui faut beaucoup de soins, beaucoup de précautions, il est d'une complexion délicate, et la moindre imprudence pourrait lui nuire ! »

Quelle révélation! quelles souffrances! pour une simple et petite question d'argent vous avez peut-être tué le pauvre petit être qui vous doit la vie, vous avez en tous cas compromis sa santé pour toute son existence! Et cependant vous pouviez, le pauvre être, tout en laissant votre femme continuer ses travaux, le garder près de vous, vous auriez épié ses moindres mouvements, suivi ses progrès, calmé ses souffrances, vous auriez pu lui donner des soins efficaces, et au lieu de l'être maladif rendu par la nourrice, posséder un enfant fort et bien portant. Un établissement vous était

6

ouvert, ne demandant qu'à vous venir en aide, qu'à vous voir utiliser ses services. Cet établissement, c'est la *Crèche !*

Et ne croyez pas que ce rapide croquis de la nourrice soit exagéré. Combien, mères, avez-vous rencontrer de pauvres femmes pleurant et se désolant, reportant sur *elle* la perte de leur enfant?

N'avez-vous jamais rencontré par les rues de ces petits êtres, sans force, aux yeux éteints donnant la main à leur mère, la vue de ces enfants ne vous a-t-elle pas émue? N'avez-vous jamais demandé la cause d'une telle faiblesse, et la mère que vous a-t-elle répondu? ces mots : « Il a été si mal en nourrice. » (1)

Sachez donc, femmes, que sur les enfants envoyés en nourrice la mortalité est de *cinquante pour cent*, que dans certains départements qui font de l'élevage, de

---

(1) Voici sur le même sujet comment s'exprime M. le docteur Despaulx-Ader, membre du comité général des crèches dans son *Influence de l'hygiène sur le développement moral de la première enfance :* « Si l'on veut se donner la peine de lire le très remarquable » discours que M. le docteur Alex. Mayer a prononcé à l'inaugura- » tion de la Société protectrice de l'enfance, on verra toutes les » infamies qui se commettent sur ces pauvres enfants que l'on en- » voie en nourrice ; on trouvera un tableau effrayant des crimes » impunis qui sont familiers à cette industrie, je ne dirai pas que » la loi protége, mais du moins qu'elle laisse vivre avec un con- » trôle illusoire ; il vous montrera des femmes nourrisant à la fois, » à l'insu des parents, cinq et six enfants ; il vous en montrera » qui rendent à peine *deux enfants vivants* sur *vingt qu'on leur* » *confie.* Il vous montrera des substitutions d'enfants, des enfants » brûlés dont on déclare la mort par maladie plusieurs mois après » le décès, des enfants mourant d'inanition, des cimetières de pro- » vince pavés de petits Parisiens, selon l'expression pittoresque » d'un maire. »

la culture des enfants, si je puis m'exprimer ainsi, un métier spécial, cette mortalité s'élève jusqu'à *quatre-vingts pour cent !*

La crèche vous permet de vous livrer à vos travaux, de garder vos enfants près de vous, de jouir de leurs premières caresses, d'entendre leurs premier bégaiement ! Mais dans votre ardeur à vouloir vous débarrasser du petit être vous n'y avez pas songé !

Boulogne possède une crèche due, non à l'administration municipale, mais à des souscriptions volontaires; c'est une fondation populaire, c'est la manifestation de toute une ville en faveur d'une institution utile, appelée à rendre d'immenses services à notre population ouvrière. En quatre mois la souscription ouverte par quelques habitants produisit net la somme de *dix mille cinq cent dix francs !* chiffre qui prouve surabondamment quel intérêt notre population prend à toute œuvre utile ayant un caractère parfaitement défini. C'est profondément ému que, dans cette souscription, dont en ce moment les listes me passent sous les yeux, je vois avec quel ensemble cette manifestation a eu lieu. Tous les rangs se trouvent confondus; riches, pauvres, tous sont jaloux de concourir dans la force de leurs moyens à l'œuvre projetée. Non-seulement l'argent abonde, mais des offres en nature même sont faites, des ouvrières, pour venir en aide à la nouvelle fondation, proposent leur travail, des patrons offrent gratuitement leurs services. Tous, riches et pauvres, ont compris la grandeur de l'œuvre !

Que le lecteur me permette ici d'ouvrir une parenthèse et de l'occuper de moi pour un instant.

« La crèche de Boulogne, me dit-on souvent, est votre œuvre. » C'est une erreur, la crèche n'est pas plus mon œuvre que la vôtre, elle est l'œuvre de tous; n'y avons-nous pas tous mis tout notre zèle et tous nos soins. Ne nous en sommes-nous pas tous occupés? Je ne dois donc pas laisser durer plus longtemps cette idée, et il est de mon devoir d'indiquer quel fut mon rôle dans cette affaire, afin de ne pas me laisser attribuer une part plus grande que celle qui me revient.

L'idée de fonder une crèche n'était pas une pensée nouvelle, déjà plusieurs habitants du pays y avaient songé et avaient même fait les premières démarches; ils n'avaient abandonné leur projet que devant la difficulté qu'ils éprouvaient à propager leur idée. Ces habitants, connus de nous tous, après m'avoir fait part de leur projet, me prièrent de tenter un dernier effort, de m'occuper de la création de la crèche, me souhaitant plus de bonheur qu'à eux dans mes tentatives. Après de sérieuses réflexions, je m'aperçus que ce qui avait fait manquer les premiers plans était tout simplement la difficulté qu'il y avait à se faire entendre de tous.

Mon ami Jules Mahias, directeur du *Journal de Boulogne*, auquel je fis part de cette difficulté, mit, avec un empressement dont je lui suis reconnaissant, son journal à ma disposition; j'y fis paraître trois articles sur les crèches appelant l'attention de notre population sur cette œuvre éminemment morale. Mon appel réussit, les listes de souscriptions s'organisèrent promptement et produisirent la somme citée plus haut.

Tout mon rôle s'est donc borné à être le propaga-
teur d'une idée à la réussite de laquelle, bien que
n'étant pas mienne, j'attachais cependant la plus
grande importance. Je ferme ici la parenthèse et re-
prends mon récit.

Devant un résultat aussi considérable, la création de
la crèche ne pouvait tarder longtemps. Elle fut inau-
gurée le 2 septembre 1867. Par une permission spéciale
de notre digne et regretté curé, M. Le Cot, une messe
en musique fut dite au profit de l'œuvre, la messe, en
ut mineur, chef-d'œuvre de Gounod, fut exécutée
d'une façon magistrale par l'orphéon municipal, sous
la conduite de son directeur, M. Foucart. Les solis
furent chantés par MM. Schlotter et Petitjean, de la
maîtrise des Blancs-Manteaux, et par M. Delafontaine,
directeur de la société chorale l'Odéon de Paris.
M. l'abbé Kerkos officiait. M. l'abbé Duval prenant
pour texte de son discours, ces paroles du Christ :

« Laissez venir à moi les petits enfants. »

rappela à la nombreuse assistance le but de l'œuvre,
sa haute portée morale, et engagea les habitants de
la commune à venir en aide à la crèche. Après la
messe, la bénédiction fut donnée.

La crèche avait été provisoirement établie route
de la Reine, 122. Les habitants purent dès ce jour
se rendre compte du but de leur fondation.

La crèche reçut le nom de : Crèche de Notre-Dame
de Boulogne (1).

---

(1) Ne pourrait-on au-dessous du nom de la crèche ajouter ces
simples mots : Fondée par souscription. — Ouverte le 1er septembre 1867.

L'installation provisoire de la route de la Reine ne dura pas longtemps, et, dès le mois d'avril 1868, la crèche fut transférée rue de la Paix.

Le local mis à la disposition de l'administration par Mme Gracien ne remplissait pas le but que l'on s'était proposé. Les plafonds trop bas nuisaient à la libre circulation de l'air, l'exposition au nord, la mauvaise distribution des lieux, étaient autant de motifs qui mettaient dans la nécessité de se procurer un endroit plus convenable.

La maison de la rue de la Paix sembla réunir toutes les conditions désirables et le local fut loué. La maison est plus confortable, plus tranquille; elle est placée au fond d'un jardin assez vaste pour permettre aux petits enfants de prendre leurs ébats, des arbres assez touffus peuvent intercepter les rayons brûlants du soleil pendant l'été.

L'aménagement intérieur de la crèche est simple et convenable. Au rez-de-chaussée, un petit vestibule; à droite la salle à manger, pièce assez vaste pour servir de récréation pendant les pluies, ou durant les froides journées d'hiver; à gauche, le parloir de la supérieure, la pharmacie, la cuisine; au premier, les salles de repos, composées de deux grandes pièces, l'une destinée aux nouveaux-nés, l'autre aux enfants un peu plus âgés, mais ayant néanmoins besoin de reposer dans le jour. La maison, placée au midi, est éclairée par de larges fenêtres, des plafonds élevés, permettant à l'air de circuler librement, rendent l'installation actuelle de beaucoup supérieure à l'installation provisoire; aussi le nombre des enfants confiés à la crèche a-t-il considérablement augmenté.

La direction intérieure de l'établissement est confiée à une sœur supérieure aidée par deux dames laïques. La supérieure, tout Boulogne la connaît ; chacun sait que sœur Félicité a consacré sa vie à l'enfance, chacun l'estime, l'aime et la vénère. Soit à l'asile, soit à la crèche, ses soins constants l'ont rendue indispensable à son petit peuple ; sa présence suffit pour calmer les pleurs et ramener le sourire sur ces frais visages, et ces bébés, privés pour un instant de leur mère, en trouvent une autre dont les soins ne sont ni moins tendres, ni moins dévoués.

Si je m'étends avec tant de développements sur cette partie des institutions de Boulogne, c'est qu'elle est le but principal de ce livre, et qu'ensuite je voudrais prouver aux mères qu'il est de leur intérêt de ne pas se séparer de leurs enfants, leur rappeler qu'elles sont responsables devant Dieu de la santé de ces chers petits êtres.

La crèche est en bonne voie, son succès est assuré, et aux gens mal-intentionnés qui dénigrent une œuvre sans la connaître, à ceux qui, n'ayant pas de famille, n'en connaissent pas les charmes, à ceux qui, en ayant une, ont oublié, je ne demande que ceci :

Visitez cet établissement, suivez un enfant depuis le jour de son entrée, voyez si sa santé est en rien affectée du régime suivi et dites-moi si, en nourrice, cet enfant pourrait avoir les soins qui lui sont prodigués à la crèche?

« Bah ! disent les sceptiques, les enfants à la crèche » y meurent tout comme ailleurs. » Je dois avouer

que la crèche a eu en effet quelques décès à enre-
gistrer; mais un mot d'explication suffira pour ras-
surer les mères et faire tomber à néant les bruits
inexacts que des esprits malveillants répandirent à
ce sujet.

Oui, des enfants sont morts, mais le nombre en est
restreint, et il faut dire que la crèche n'en avait pas
pris soin depuis leur naissance, que ces enfants sor-
taient de nourrice et avaient été présentés dans un
état qui faisait pitié à voir. Les uns, pour me servir
d'une expression qui rendra bien toute ma pensée,
n'ayant que la peau et les os, les autres atteints d'in-
flammations par suite de la nourriture trop forte qu'on
leur avait donnée jusqu'à ce jour. Malgré tous les
soins donnés, quelques-uns sont morts; mais doit-on
en faire retomber la faute sur la crèche? ne doit-on
pas plutôt remonter jusqu'à la cause première du mal
et blâmer la nourrice.

Si les enfants avaient été présentés sains et forts et
qu'ils soient morts, je comprendrais les plaintes et je
serais le premier à demander qu'une expertise sévère
fût faite et que l'on recherchât les causes de semblables accidents. Mais la crèche, recevant un enfant
malade, fait le possible et l'impossible pour le sauver.
Si malgré tous ses soins l'enfant meurt, au lieu d'ac-
cuser le véritable auteur, la mère assez faible pour s'en
être séparé, vous rejetez tous les torts sur l'institution qui a tout fait pour le sauver! Est-ce juste?

Vous reprochez à la crèche la mort de pauvres enfants, mais vous ne parlez pas des enfants rappelés
à la vie par ses soins constants, vous ne signalez pas

les cures merveilleuses que l'on lui doit déjà! Pourquoi cette injustice ?

Des enfants débilités par le manque de bon lait, par le manque de soins, sont devenus forts et bien portants, demandez aux mères de ces enfants-là si elles ne bénissent pas la crèche, si elles ne rendent pas hommage à cette institution ?

Entrez un jour, sceptiques, visitez de fond en comble, regardez, examinez tout. Vous admirerez la propreté de la maison, le soin et l'attention qui président à toute chose; vous y verrez des enfants gais et souriants, bien tenus, ne manquant de rien, de linge aussi souvent qu'il est nécessaire. Vous verrez l'harmonie et le bon ordre régnant partout, et devant un tel tableau, vous serez certainement convaincus !

« Vous tuez une branche d'industrie, vous retirez
» une ressource à de pauvres femmes, nous dit-on
» encore. »

J'ignore complétement la branche de commerce que la crèche a tuée, et je demande quelle ressource elle retire aux pauvres femmes ? — Et les gardeuses d'enfants ? dit-on. — Les gardeuses d'enfants ! mais il me semble que le métier qu'elles faisaient n'avait demandé ni un apprentissage bien long ni un matériel bien coûteux, et qu'elles pourront employer d'une autre façon le temps qu'elles ont de libre ! Dans le siècle où nous vivons, ceci ne tue-t-il pas cela? et chaque jour un métier ne se trouve-t-il pas modifié entièrement par suite d'une application nouvelle de la vapeur ou de l'électricité? Mais s'il fallait ainsi gémir sur les choses qui s'en vont, sur les métiers qui se perdent, nous retournerions bien vite aux pataches, aux coucous, au bon vieux télégraphe. Doit-on jamais s'inquiéter d'un intérêt particulier lorsqu'il s'agit d'un intérêt général ?

Les gardeuses, ces femmes qui, moyennant une redevance trois fois plus forte que celle que vous demande la crèche, gardaient vos enfants, étaient-elles logées dans des conditions spéciales, offraient-elles toute la sécurité voulue ? Non ! La plupart du temps une chambre petite, sans air, donnant sur une cour où le soleil ne pénètre que rarement, compose tout leur logement, Dans cette chambre où il y a à peine assez d'oxygène pour une personne, elles entassent jusqu'à six ou sept enfants, les uns encore à la mamelle, les autres assez grands pour courir et jouer. Ceux-ci incommodant ceux-là et les empêchant de reposer. Encore si, pour la somme relativement forte de 60 à 75 centimes que vous donnez quotidiennement, vous étiez certains que tous les soins dont l'enfant a besoin, lui sont prodigués ; mais non. Ne vous est-il pas arrivé dans la journée, de monter chez la gardeuse, de trouver la clef sur la porte, et les enfants seuls et livrés à eux-mêmes, la gardeuse descendue pour causer avec une commère, sans songer que pendant son absence un accident peut arriver, sans penser qu'elle est responsable de l'existence de ces petits êtres. — Les plus âgés, turbulents comme on l'est à leur âge, en jouant ne peuvent-ils pas trouver des allumettes, faire tomber du poêle en hiver un charbon incandescent, ne peuvent-ils trouver un couteau, se blesser, une fiole contenant un acide, en

boire et en faire boire à leurs camarades ! Les journaux ne sont ils pas remplis de relations de semblables accidents. Comme toujours, si un malheur
quelconque arrivait vous vous empresseriez de jeter
toute la faute sur la gardeuse, et comme toujours vous
ne voudriez pas convenir que le premier coupable
c'est vous !

A la crèche, pas de ces craintes à avoir, les enfants
ne sont jamais laissés seuls. La gardeuse, pour vos
60 centimes, approprie-t-elle votre enfant aussi souvent que cela est nécessaire ? A-t-elle pour lui les at-
tentions et les soins que réclament la première enfance ? Non. S'il est malpropre tant pis ; s'il est malade,
tant pis, vous lui avez donné votre enfant à garder...
elle le garde ! De temps en temps, si le pauvre petit
se plaint trop, une cuillerée d'une épaisse panade le
calme, et le soir il vous est rendu comme il se trouve.
Que de maladies cette incurie ne doit-elle pas engen-
drer ?

A la crèche, au contraire, tout est prévu. Aussitôt
arrivé, l'enfant est lavé, revêtu de vêtements appartenant à la maison, il ne les quittera que le soir pour reprendre les siens. Le linge est renouvelé aussi souvent
que cela est nécessaire. L'enfant est nourri convenablement, une bonne soupe grasse le matin, une autre
le soir, aussitôt qu'il a soif du lait coupé d'eau, du vin
sucré ou du sirop étendu d'eau. Tous les jours un médecin, attaché spécialement à l'établissement, fait sa
visite, et prescrit, en cas d'indisposition, les remèdes
utiles : des dames inspectrices, choisies parmi les
mères de familles de la commune, visitent également

chaque jour la crèche, s'assurent si le service est fait convenablement, s'il ne manque rien au bien-être de cette petite république. Les jeux, les amusements de leur âge leur sont donnés. Enfin, moyennant la faible somme de vingt centimes par jour, la mère peut sans crainte se livrer à son travail, certaine que rien ne manquera à son cher enfant.

Ici je me permettrai de glisser quelques observations utiles à mon point de vue. Ces observations ne portent nullement sur l'ensemble de la crèche dont l'installation est parfaite en tous points, mais sur quelques questions d'administration. Toute œuvre est perfectible, et c'est cette perfection que je voudrais voir atteindre. Le comité ne se réunit pas assez souvent, par suite, les dames inspectrices ne peuvent se faire part immédiatement de leurs impressions et peuvent, dans l'intervalle d'une réunion à l'autre, oublier certains points qui, pour n'être que secondaires, seraient cependant utiles. Ce retard amène naturellement une sorte de laisser-aller qui, à la longue, peut être nuisible, provoque de ces demi-mesures qui sont causes d'une non-entente entre toutes les dames inspectrices. Pourquoi ce manque d'homogénéité? Pourquoi ces demi-mesures? Pourquoi ne pas faire immédiatement ce qu'il faut? Les fonds vous ont-ils manqué pour édifier la crèche? Pourquoi croire que dans l'avenir ils pourraient vous faire faute? Supposez-vous que les créateurs de cet utile établissement abandonneront leur œuvre?

Moins de mollesse, mesdames, un peu plus d'ensemble et nous arriverons à la perfection désirée.

Notre population boulonnaise suit vos travaux, si quelque amélioration est jugée nécessaire par vous et que les ressources manquent, soyez sans crainte, au moindre mot d'appel la somme nécessaire sera promptement réunie et au-delà.

L'avenir de la crèche ne peut plus être mis en doute, sa réussite est assurée, nous ne connaissons encore qu'une partie des services que cette institution rendra, le temps nous dévoilera les autres. Petite aujourd'hui, on sent par l'impulsion donnée qu'elle ne tend qu'à s'agrandir et l'on voit déjà que notre population ouvrière comprend les avantages qui découleront pour elle de cette nouvelle institution. Il faut dire aussi que les personnes qui sont à la tête de cette fondation attachent un vif intérêt à sa prospérité.

Aidez-nous donc, mères de familles, confiez-nous sans crainte vos enfants, notre but le voici :

De vos filles faire des *femmes*, de vos fils faire des *hommes !* femmes et hommes dans toute l'acception du mot forts et aptes au travail, prêts à traverser cette vie si fertile en déceptions et en misères de toutes sortes.

La crèche pour eux ne sera que la première étape dans la formation à la vie. A Boulogne, déjà si riche en institutions philanthropiques pour la jeunesse, il en manquait une. La crèche est fondée, le vide n'existe plus !

Aujourd'hui, l'enfant est pris dès sa naissance, la crèche le prépare à l'asile, de l'asile il passe aux

aux écoles communales, des écoles à l'atelier, et le
soir, libre de lui-même, comprenant que sans éducation, que sans instruction aujourd'hui l'homme n'est
rien, il viendra grossir la phalange déjà si nombreuse
qui suit les cours de l'association philotechnique. (1)

RÉGLEMENT DE LA CRÈCHE

1. — OUVERTURE DE LA CRÈCHE.

La crèche est ouverte depuis cinq heures et demie
du matin jusqu'à huit heures et demie du soir. Elle
est fermée le dimanche et les jours de fêtes.

Aucun enfant n'y passe la nuit.

2. — POSITION DES PARENTS.

On y reçoit, sans distinction de religion, les enfants
dont les mères travaillent hors de leur domicile et se
conduisent bien.

3. — ADMISSION DES ENFANTS.

Les enfants sont admis à la crèche, depuis l'âge de

---

(1) « Un des plus grands intérêts du pays, un des plus urgent
» c'est de perfectionner l'éducation populaire; et on ne le peut
» efficacement à Paris sans la crèche.

(Marbeau)— Société des crèches — Séance du 18 avril 1866).

quinze jours au moins jusqu'à deux ans accomplis. Néanmoins ils peuvent être admis et conservés après cet âge, s'ils ne sont pas encore en état de prendre port aux exercices de la classe d'asile.

4. — CONDITIONS DE L'ADMISSION.

Avant l'admission, les parents présentent à Mme la supérieure, l'acte de naissance de l'enfant et son certificat de vaccine ; et en même temps ils indiquent près de qui l'on peut prendre des renseignements. L'enfant est ensuite visité par le médecin de service et, sur le vu du bulletin de santé délivré par lui, l'admission est prononcée; s'il y a lieu, par Mme la présidente ou par Mme la directrice.

Si l'enfant n'est pas vacciné, les parents devront consentir à ce qu'il le soit dans le plus bref délai.

5. — INSCRIPTION DES ENFANTS.

Chaque enfant est inscrit, le jour de son entrée, sur un registre matricule ; l'inscription énonce la date de sa naissance et de son admission, la demeure de ses parents et leur profession. Une colonne est réservée pour inscrire la date et le motif de sa sortie, une autre pour les observations. Dans cette dernière, le médecin constate l'état sanitaire de l'enfant à son entrée et à sa sortie.

6. — OBLIGATIONS DES MÈRES.

La mère apporte son enfant en état de propreté. Quand elle le nourrit elle-même, elle vient l'allaiter régulièrement au moins deux fois par jour.

Elle paye 20 centimes par jour pour un enfant, et

30 centimes pour deux. Elle doit reprendre son enfant le soir avant la fermeture, et se conformer en tout aux règles de l'établissement.

7. — PRÉSENCE DES ENFANTS A LA CRÈCHE.

La présence de l'enfant est constatée sur un registre, avec indication du lieu où travaille la mère. Quand un enfant a été malade ou qu'il a cessé de paraître à la crèche pendant huit jours, il ne peut y rentrer sans un nouveau bulletin de santé.

8. — FONCTIONS DE LA SUPÉRIEURE.

La Supérieure dirige les soins à donner aux enfants.

Le matin, elle reçoit les enfants et refuse ceux qui lui paraissent malades, le soir elle veille à ce qu'ils soient assez couverts pour ne pas souffrir du froid pendant leur retour à la maison paternelle.

Elle veille à ce qu'il y ait toujours dans la crèche, un air pur et une température uniforme. (1)

Elle fait exécuter les prescriptions du médecin, et elle communique ses observations personnelles sur la santé des enfants.

Elle perçoit la rétribution maternelle, elle paie toutes les petites dépenses quotidiennes ; elle surveille et entretient la lingerie, dont elle répond.

Elle veille, enfin, à la bonne tenue de la crèche.

9. — VISITE DES MÉDECINS.

Le médecin de service visite chaque jour la crèche, prescrit les mesures hygiéniques qui lui paraissent

---

(1) Entre 14 et 16 degrés centigrades en hiver.

nécessaires, dit quels enfants peuvent être sevrés, indique ceux qui ont besoin d'une alimentation ou de soins exceptionnels.

Les observations et prescriptions du médecin sont consignés sur le registre d'inspection médicale.

10. — VISITE DES ÉTRANGERS.

La crèche peut être visitée à toute heure du jour sans autorisation.

11. — DISPOSITION GÉNÉRALE.

Toute réclamation doit être adressée à Mme la présidente ou à Mme la directrice.

Médecins.

MM. les docteurs MATHON et BESANÇON.

Pharmaciens.

MM. LAURANT et GUICHARD.

Comité.

Mmes ESCUDIER, présidente; DOBELIN, présidente honoraire; TISSERANT, vice-présidente directrice; HOUDART, trésorier; ROBLOT, secrétaire; sœur FÉLICITÉ, surveillante.

Dames patronesses et inspectrices.

Mmes ESCUDIER, DOBELIN, TISSERANT, HOUDART. ROBLOT, BECHU, CHAMBRIN, BARBET, ARNOULT, CHAUVEL, CORRARD, COUTURIER, DESCHAMPS, GIROD, GRACIEN, A^{te} GRENET. HERGAULT, ISIDORE, DE LAMOTTE, MANOURY, Baronne MARIANI, PETIBON, SERVAS, SURIVET, JESSON, CLAUDE, TARDY, MILLE, DUCHATEL, MAGAT, HOREAU, LEMAN, CLAUDE, GUÈDE, ESCUDIER (Philippe), BOQUET, GRENET aîné, J. GRENET, PATRY.

INSTRUCTIONS DE LA CRECHE (1)

POUR LES MÈRES PAUVRES, HONNÊTES ET LABORIEUSES
QUI ONT DES PETITS ENFANTS

N'envoyez pas votre enfant mourir ou s'étioler en nourrice.

Allaitez-le vous-même : il se portera mieux, vous aimera plus, et vous coûtera moins.

Apportez-le à la crèche dès que vous pourrez sortir sans danger.

Couvrez-le bien dans le trajet.

Venez l'allaiter au moins deux fois par jour.

Ne gênez pas ses mouvements dans le maillot.

Ne gênez pas sa respiration.

Donnez-lui toujours un lait pur, un air pur, une nourriture saine et régulière.

Le sein aussi souvent et aussi longtemps que vous pourrez.

Ne sevrez pas votre enfant sans l'avis du médecin.

Faites-le vacciner au moment indiqué par le médecin.

Tenez-le proprement ; ne croyez pas que la crasse ou la vermine soient jamais utile à sa santé.

Bercez-le le moins possible.

Faites lui prendre l'air le dimanche s'il fait beau.

Ne le baignez jamais que deux heures après son repas.

(1) *Crèche de l'Exposition universelle de 1867*, par **M. Marbeau**.

Ne le laisser pas assis longtemps sur le pot, ni ailleurs.

Ne l'enlevez jamais par le bras.

Pieds chauds, ventre libre, tête fraîche, voilà ce qu'il faut à la santé.

Ne laissez à sa portée rien de nuisible.

S'il est malade, consultez non pas des commères, ni des charlatans, mais le médecin de la crèche.

— Voyez les soins et les précautions que la crèche a pour lui : faites en sorte qu'il ne perde pas chez vous le bien qu'elle lui fait.

Aidez à le rendre fort et bon.

L'éducation commence au berceau.

L'enfant est pour sa mère une source de bonheur ou de chagrin, suivant qu'il a été bien ou mal élevé.

Les impressions de l'enfance agissent sur toute la vie.

Soyez sobre et sage pour le mieux nourrir et élever.

Apprenez-lui à aimer son père, à le respecter, afin qu'il vous aime, et vous respecte.

Apprenez-lui à prier Dieu, son premier protecteur, à aimer ceux qui lui font du bien.

Apprenez lui à être aimable, aimant, poli, bon, reconnaissant.

Apprenez-lui le nom des dames qui s'occupent de lui avec le plus de soin, le nom de son berceau, de sa berceuse.

Ne lui donnez que de bons exemples et de bonnes habitudes.

Envoyez-le à l'Asile, aussitôt qu'il peut en suivre les exercices.

Apprenez-lui tous ses devoirs ; à mesure qu'il grandit, ils grandissent : sachez-bien qu'il ne peut-être heureux, que vous-même vous ne serez pas heureuse s'il ne remplit exactement ses devoirs.

Ne lui donnez pas de frayeur, ne le battez pas, traitez-le toujours avec douceur. On corrige en ne récompensant pas.

Conservez précieusement ses yeux, ses membres et tous ses organes, afin qu'il puisse un jour soutenir sa mère si elle a besoin d'appui. Semez du bien, vous récolterez du bien.

OUVROIR

L'ouvroir de Notre-Dame de Boulogne, dont l'initiative est due à Mlle Meignan, a été fondé au mois d'octobre 1856.

Les fondatrices, au nombre de cinq, se réunirent d'abord chez Mme Patry, rue d'Aguesseau, tous les vendredis, leur première mise de fonds se composa de vieux vêtements qu'elles raccommodèrent pour les donner aux pauvres. Peu à peu, d'autres dames charitables se joignirent à elles ; elles se cotisèrent, une caisse fut formée, elles purent dès lors acheter des étoffes pour confectionner des chemises, des blouses, des sarraux, etc., etc.

L'œuvre était trop charitable pour ne pas réussir ; elle prospéra. Le nombre des associées allant toujours croissant, le local devint trop exigu ; c'est alors qu'on leur offrit une des salles de l'école des filles pour leurs réunions, et c'est dans cette salle que, depuis dix ans, des mains laborieuses et bienfaisantes travaillent une fois par semaine pour vêtir les pauvres. On fit un règlement, on nomma une présidente, une vice-présidente, une trésorière, une dame secrétaire ; on fixa le minimum de la cotisation à 6 fr., mais un certain nombre d'associées ont tenu à honneur de donner davantage. Chaque année aussi, des bienfaiteurs anonymes envoient à l'association des dons consistant en objets de bonneterie, principalement en bas et en camisoles de tricot.

En 1866 une loterie organisée par le comité de l'ouvroir a produit une somme de *trois mille* francs dont la moitié a été versée pour la fondation de la crèche.

La recette de l'année 1867 a été de fr. 993,50, et il a été distribué dans cette même année :

Chemises de femmes...	70	Layettes...............	24
Chemises pour fillettes.	103	Couches...............	211
Chemises pour garçons.	81	Camisoles de femmes..	63
Chemises premier âge.	104	Camisoles d'enfants ...	50
Blouses...............	109	Bas de femmes (paires).	15
Sarraux...............	116	Chaussettes..... —	18
Tabliers de femmes...	21	Bas d'enfants... —	47
Tabliers d'enfants.....	54	Chaussons femmes —	32
Caracos...............	32	Chaussons enfants —	114
Bonnets	25	Sabots enfants.. —	66
Langes...............	48	Souliers enfants. —	41

Aujourd'hui l'association compte 145 membres, et la recette de 1868 dépasse 1,000 francs.

L'administration municipale, obligée de convertir tout prochainement en salle de classe le local qu'occupait l'association, vient, par un vote unanime du conseil municipal, de mettre à la disposition des dames de l'ouvroir, la salle du conseil à la mairie.

INSTITUTIONS DE CHARITÉ

Bureau de Bienfaisance. — Asile de la Vieillesse. — Fourneau économique.

BUREAU DE BIENFAISANCE

Tout le monde connaît le but des bureaux de bienfaisance : secourir les indigents d'une manière efficace, et chacun selon ses besoins, tel est son mandat. Aussi nous étendrons-nous fort peu sur cette institution d'un caractère général, et fonctionnant dans toutes les villes et communes de France.

Toutefois si le but est partout le même, l'organisation varie suivant chaque localité, il n'est donc pas inutile d'indiquer comment fonctionne le bureau boulonnais. Il y a deux classes de pauvres, ceux qui sont secourus temporairement et ceux qui le sont annuellement.

La première classe comprend : les malades, les blessés, les femmes en couches, les mères nourrices, les enfants abandonnés, enfin tous ceux qui se trouvent dans des cas extraordinaires ou imprévus.

Les secours annuels comprennent : les aveugles, les paralytiques, les cancérés, les infirmes, les vieillards de soixante à quatre-vingts ans, les chefs de famille surchargés d'enfants en bas âge.

Les secours annuels comprennent quatre classes :

La première est composée d'aveugles et d'octogénaires ; font partie de la seconde, les vieillards de soixante-dix à quatre-vingts ans, et les indigents les plus infirmes.

Dans la troisième entrent : les vieillards de soixante à soixante-dix ans et les infirmes.

La quatrième comprend : les familles surchargées d'enfants en bas âge.

Les pauvres et les infirmes secourus annuellement reçoivent un secours en pain, viande, combustible, etc. dont le maximum est fixé chaque année pour chacune des deux classes.

Pour être inscrit sur les listes de secours, il faut que l'indigent justifie qu'il est domicilié dans la commune depuis une année accomplie, et que de plus il envoie ses enfants à l'école.

Les indigents malades sont soignés aux frais de l'administration ; les médicaments leur sont donnés gratuitement.

Le bureau est administré par un comité composé d'un président, qui est de droit le maire, de quatre administrateurs (un par chaque circonscription), plus huit commissaires (deux par chaque circonscription), et par quatre dames de charité.

Les fonctions d'administrateur, commissaire ou dame de charité sont entièrement gratuites.

Les ressources du bureau de bienfaisance consistent :

1° Dons en argent et en nature.

2° Produit de la quête annuelle.

3° Produit des fêtes et spectacles donnés à son profit.

4° Droit proportionnel prélevé sur les bals, concerts, spectacles donnés par des entreprises particulières, alors que le public est admis moyennant rétribution.

5° Droit prélevé, dans les mêmes conditions, au Pré-Catelan, aux courses de Longchamp, au Chalet des îles.

6° Produit des troncs placés dans l'église et à la mairie.

Le nombre des indigents inscrits actuellement est de 353, soit 274 secourus par le bureau, et 79 à l'asile des vieillards.

Le chiffre de la recette en 1867 a été de 63,581 fr. 01 c., celui de la dépense a été de 57,280 fr. 64 c. (1).

Si la population boulonnaise a augmenté d'une manière sensible dans ces vingt-cinq dernières années, le nombre des pauvres secourus a suivi la même progression. En 1842 le nombre des indigents inscrits était de 109.

Hâtons-nous de dire que les recettes ont augmenté dans une notable proportion. En 1842 le bureau de

---

(1) Voir plus loin le détail des dépenses.

Les comptes de 1868 n'étant arrêtés qu'à la fin du mois d'avril, nous ne pouvons donner les chiffres exacts.

bienfaisance encaissait 5,550 fr., la dépense s'élevait à 5,512 fr.

Aujourd'hui le bureau de bienfaisance, grâce à la charité des habitants, est dans une excellente situation. Ses ressources lui ont permis de créer, sans nuire aux indigents, un asile pour la vieillesse, asile dont nous nous occupons plus loin.

On reproche parfois au bureau sa parcimonie; ce reproche est mal fondé. Un seul exemple le prouvera. Il est des années où le pain est cher, le froid rigoureux, où le travail manque, il faut donc, pendant les années où les hivers sont doux, économiser pour l'avenir, afin de venir en aide efficacement pendant les hivers rigoureux, en augmentant les distributions de vivres et de combustibles. Il arrive même que, malgré ces précautions le bureau de bienfaisance peut se trouver en excédant de dépenses. En 1845, les dépenses excédèrent les recettes de 746 fr. 74; en 1846 de 2,486 fr.; en 1847 de 2,062 fr. 68. Les dépenses de 1868, ont été augmentées par la cherté du pain et les rigueurs d'un long hiver, elles ont presque égalé les recettes de l'année et le reliquat disponible de l'année précédente. Aux personnes qui reprochent les économies faites, nous posons simplement cette question : Que serait-il advenu si le fonds de réserve n'avait pas pas existé ?

Il est vrai que, pendant ces dernières années, l'encaisse du bureau s'est considérablement augmenté, la création du champ de courses, les fêtes du bois de Boulogne ayant été de puissants auxiliaires pour lui. Le fonds de réserve a atteint aujourd'hui un chiffre assez élevé pour permettre d'attendre les années mauvaises.

La ville, ainsi que nous l'avons dit, se trouve divisée en quatre circonscriptions. Chaque circonscription est placée sous la surveillance d'un membre du bureau auquel se trouvent adjoints pour le seconder deux commissaires et une dame de charité.

Administrateurs

MM. LAURANT, Grande-Rue, 83.
BOURDIN, boulevard de l'Empereur, 2.
VERDIER, rue de Billancourt, 36.
LEMAN, rue de Paris, 133.

Commissaires

1re circonscription : MM. GALLOT, rue des Menus, 26.
— JANET, chaussée du Pont, 13.
2me circonscription : MM. TOURFAULT, rue des Tilleuls, 54.
— KINZELMANN, rue Fessart, 44.
3me circonscription : MM. BARBU, rue du Château.
— COUTURIER, rue d'Aguesseau.
4me circonscription : MM. HUON, rue du Vieux-Pont-de-Sèvres, 12.
— MOREAU, rue du Point-du-Jour.

Dames de charité

Mmes PATRY.
Veuve PERRÉ.
PICHARD.
HEUZET.

ASILE DE LA VIEILLESSE

En 1850, sous l'administration de M. Ollive, et sur son initiative, le bureau de bienfaisance émit le vœu de fonder une maison de refuge pour les vieillards. Une demande de subvention de 10,000 fr. fut faite à cet effet à l'autorité supérieure. Cette subvention devait servir à payer la moitié du prix d'achat de la maison, plus l'aménagement nécessaire à l'installatione l'institution, le bureau s'offrant à payer l'autre moitié sur ses fonds placés. L'autorité supérieure rejeta la demande. Le conseil municipal vota alors 6,000 fr. pour compléter le prix d'achat, espérant que devant cet effort l'administration supérieure viendrait en aide et accorderait les subsides nécessaires pour les réparations et pour l'aménagement. L'administration laissa faire, mais n'accorda rien. Pourtant, malgré tout l'asile devait être fondé, car l'Empereur ayant entendu parler de l'œuvre lui fit don d'une somme de 10,000 fr.

L'asile, situé rue Saint-Denis, fut ouvert en 1851. Il contenait à l'origine vingt lits. Ces vingt lits furent reconnus bientôt insuffisants, et il fallut songer à augmenter le nombre de places. Grâce à la libéralité de l'Empereur et à la générosité d'un habitant de Boulogne, M. Chauvel, qui, en mourant, légua à l'asile une somme de 40,000 francs, l'administration du bureau de bienfaisance se trouva à même de faire les agrandissements jugés nécessaires. A la suite d'agrandissements successifs, l'asile contient aujourd'hui quatre-vingt-quatre lits.

L'asile de la vieillesse est administré par le bureau de bienfaisance, sous la surveillance et le contrôle de l'administration municipale.

Les indigents des deux sexes, soit en ménage, soit individuellement, y sont admis, pourvu qu'ils réunissent les conditions suivantes :

Age : soixante-dix ans pour les hommes, soixante-six pour les femmes. — Etre inscrits au bureau de biensaisance. — Etre domiciliés dans la commune depuis dix ans au moins.

Les personnes valides, c'est-à-dire pouvant s'occuper des soins du ménage, ont une chambre particulière. Les pensionnaires que leur âge, ou les infirmités rendent incapables de tout travail, sont logées à l'infirmerie.

Le logement est gratuit, de plus les pensionnaires reçoivent les secours du bureau.

Les personnes admises doivent posséder notamment : Une couchette, — une paillasse, — un matelas, — un traversin, — une couverture, — deux paires de draps, — deux chaises, — une commode.

Tous ces objets mobiliers deviennent la propriété de l'établissement en cas de décès. Il en est de même des vêtements et autres objets garnissant la chambre ; les héritiers ou ayants-droit n'ont aucune répétition à exercer. Les malades reçoivent gratuitement les soins du médecin de l'établissement, et les médicaments qui leur sont nécessaires. Ils sont également nourris aux frais du bureau.

L'asile de la vieillesse peut recevoir quatre-vingt-quatre pensionnaires. Une nouvelle salle de quatre lits va être incessamment ouverte et sera occupée par des femmes infirmes. La population actuelle de l'asile se décompose ainsi :

Femmes en chambre........	28	personnes
Infirmerie. — Hommes	15	—
» » — Femmes.......	24	—
Six ménages en chambr.e....	12	—
	79	personnes

L'asile est dirigé par les sœurs de Saint-Joseph, c'est assez dire que, comme soins, rien ne doit manquer à leurs pensionnaires. Dans cet asile tout respire le calme, l'ordre, le bien-être, on y sent le dévouement de chaque instant.

Des logements propres, bien aérés, bien distribués, une cour plantée d'arbres, à l'horizon le panorama si varié et si charmant de Saint-Cloud : tout enfin concourt à donner à cette maison un air de gaieté, inconnu à la plupart des établissements de ce genre.

L'hiver, lorsque les grands froids ou les temps brumeux empêchent les pensionnaires de sortir, de grandes salles chauffées sont mises à leur disposition.

Une jolie chapelle, placée sous l'invocation de Saint-Joseph et due à la libéralité de nombreux habitants, complète l'ensemble de cet établissement. On y célèbre la messe une fois par semaine.

C'est dans cette chapelle que se trouve placée une

table de marbre sur laquelle est gravée la liste des bienfaiteurs de l'asile, on y lit :

Aux bienfaiteurs des pauvres
La commune de Boulogne reconnaissante

Sa Majesté l'Empereur Napoléon III,
  don de..... .... 10,000 fr.
M. le comte de Guaïta, don de..... 1,000 »
M. Legrand, ancien curé de Boulo-
  gne, legs .... 8,000 »
M. Collas, ancien maire de Boulo-
  gne, legs.................... 1,000 »
M. Chauvel, legs................ 40,000 »
M. Bourdon, legs................ 1,000 »
Madame veuve Mallet, née Daniel,
  legs......................... 4,000 »
M. de Guaïta, legs.............. 4,000 »
Sa Majesté l'Empereur, (pour le
  fourneau), don de.............. 3,000 »
Un anonyme, don de,............. 2,000 »
M. Rieux, legs en usufruit........ 40,000 fr.

Tout le monde comprendra, sans qu'il soit nécessaire d'insister, l'importance de cette institution. La vieillesse et l'enfance ont toutes deux besoin d'être protégées ; à l'enfance, il faut prodiguer des soins constants pour lui donner la santé, lui donner l'instruction, pour assurer son avenir ; à la vieillesse assez infortunée, il faut venir en aide pour lui aplanir les difficultés de la vie, qu'elle ne peut plus vaincre. Autant qu'il est possible, venons-leur en aide. Que la bienfaisance privée s'associe à la charité publique. Le bureau de bienfaisance, se trouvant degrevé d'une partie de ses charges, pourra à son tour soulager un plus grand nombre d'indigents.

ÉTAT DES SECOURS DISTRIBUÉS AUX INDIGENTS

PAR LES SOINS DU BUREAU DE BIENFAISANCE PENDANT L'ANNÉE 1867.

Pain	15.503	23
Viande	9.403	05
Combustible	712	60
Chaussures	899	60
Secours médicaux et pharmaceutiques	2.193	65
Dépenses diverses	3.562	54
Total	32.274	67

ASILE DE LA VIEILLESSE

Dépenses faites en 1867 pour cet établissement qui reçoit quatre-vingt-quatre pensionnaires.

Traitement des sœurs	3.500		
d° du médecin	200		
d° du concierge	500		
d° de l'infirmier	250		
		4.450	»
A reporter		4.450	»

Report.......	4.450 »
Pain................................	5.627 80
Viande......................	3.425 36
Vin.................................	670 »
Secours en argent.....................	5.362 90
Blanchissage, éclairage et chauffage......	1.457 99
Achat et entretien du mobilier de l'asile...	1.844 92
Achat de menus objets de consommation..	111 60
Dépenses diverses.....................	2.055 40

Total des dépenses faites pour l'asile en 1867................................	25.005 97
Total des secours en dehors.........	32.274 67
Total général...............	57.280 46

FOURNEAU ECONOMIQUE

Un fourneau économique pour la vente de viande, de pain, de bouillon et de légumes au prix du tarif ci-dessous, a été ouvert à Boulogne, rue Saint-Denis, 45, le 6 février 1868.

Ce tarif, conforme à ceux adoptés par les divers fourneaux établis à Paris, fixe au prix uniforme de cinq centimes chaque portion d'aliments comprenant :

Pain..............	125 grammes
Bouillon..........	1/2 litre
Viande cuite.......	60 grammes
Légumes cuits.....	45 centilitres

Le fourneau est institué afin de venir en aide aux

8

classes nécessiteuses. Il n'est pas nécessaire d'être
inscrit au bureau de bienfaisance pour profiter des
avantages que le fourneau offre. Le fourneau délivre
autant de portions qu'on lui en demande. Le service
est fait par les sœurs de Saint-Joseph.

Il est ouvert, pendant la saison d'hiver, tous les ma-
tins de 8 à 10 heures.

Il est placé sous la surveillance du bureau de bienfaisance aux frais duquel il est établi.

Pour couvrir les frais de premier établissement,
l'Empereur a fait don au bureau de bienfaisance d'une
somme de 3,000 francs.

Il est inutile de démontrer les bienfaits d'une telle
institution qui permet à l'ouvrier, pour un prix modique, de donner à sa famille une nourriture saine.

Mais pourquoi avoir placé ce fourneau loin du centre
ouvrier de Boulogne et avoir choisi de préférence, au
contraire, le quartier élégant et riche de la ville? Que
l'Asile de la vieillesse y soit placé, il n'y a là aucun
inconvénient, les vieillards ne peuvent que gagner
à ce voisinage. Mais le fourneau créé dans le but
de venir en aide aux classes nécessiteuses? C'est en
quelque sorte forcer la classe ouvrière à s'abstenir
d'en profiter, en raison de la perte de temps que né-
cessite la course à faire du lieu de son travail au fourneau, et du temps très restreint accordé à l'ouvrier
pour ses repas. Malgré les dépenses que cela pourrait occasionner, le lieu d'installation le plus convenable pour le fourneau serait encore soit aux écoles
d'asile, soit dans le bâtiment de la Crèche. Au moins
le but de l'œuvre serait rempli.

SAPEURS-POMPIERS

Constater le courage et le zèle de ces hommes dévoués qui, dans nos communes, font partie des utiles et vaillantes compagnies de psapeurs-ompiers, nous paraît superflu. Ce que nous dirions à l'égard de Boulogne, nous pourrions le dire également de tous les pompiers de France. En effet, le même cœur et le même courage animent ces hommes désintéressés.

Jusqu'en 1822, Boulogne a été privée, dans son sein, d'une organisation de pompiers. Ce ne fut qu'à cette époque qu'une pompe fut installée dans la commune et que quelques citoyens se firent pompiers pour l'utiliser. Mais on comprit vite qu'il était urgent de créer une œuvre durable. Dès 1823, une subdivision de pompiers fut complétement organisée. Dix ans après, en 1833, on fit l'acquisition d'une deuxième pompe. Son prix fut de 900 fr. Le conseil municipal avait voté dans ce but une allocation de 400 fr., provenant d'un don fait à la commune par la Compagnie d'assurance mutuelle, et, sur la demande de M. Colas, maire, l'assurance mutuelle ajouta une autre somme de 500 fr. à sa première offrande. Ces deux pompes étaient remisées dans une petite cour qui séparait alors le mur de l'église du préau de l'asile des enfants. En 1848, la compagnie de sapeurs-pompiers était formée de soixante hommes s'équipant à leurs frais. En février 1864, le matériel de la compagnie fut augmenté de cent seaux en toile ; en novembre 1854 et en février 1859, on ajouta au matériel deux demi-garnitures ; en août 1859, on fit l'acquisition d'un chariot à deux roues pour remplacer celui de la pompe n° 2 ; en février 1860, le conseil municipal décida que la petite tenue d'incendie serait fournie à chaque sapeur aux frais de la commune ; en août 1860, une somme de 300 fr. fut consacrée à l'achat de seaux et de demi-garnitures, et en janvier 1861, 280 fr. furent de nouveau employés à l'achat de seaux en toile ; en juin 1864, on acheta un chariot d'incendie (modèle de Paris), trois toiles pour feux de cheminées et cent seaux ; en novembre 1864 on fit l'acquisition de pelles, pioches, fourches et crochets, cols de cygnes pour prises d'eaux sur les bornes fontaines ; en 1865, l'administation fit construire, dans la cour de la mairie, une remise pour les pompes à incendie avec salle de conseil pour diverses sociétés ; en novembre 1866, le conseil municipal décida l'établissement, dans la cour de la mairie, d'un gymnase destiné aux sapeurs-pompiers et aux enfants des écoles communales. Ce gymnase fonctionne parfaitement.

Aujourd'hui, le matériel de la compagnie communale se compose ainsi : trois pompes, un appareil à feu de cave et un sac de sauvetage. Deux pompes sont remisées à la mairie et une autre route de Versailles (quartier de Billancourt), dans la cour des écoles communales.

L'effectif de la compagnie est actuellement de soixante hommes, commandés par MM. Malot, capitaine, Ernest Descant et Gobet, lieutenant et sous-lieutenant, Chéron, sergent-major.

Le dernier capitaine, M. Préau, âgé de plus de quatre-vingts ans, a été honoré d'une médaille d'honneur qui lui a été décernée comme un témoignage d'estime et de sympathie par la compagnie à laquelle il appartenait depuis si longtemps.

On se rappelle le magnifique concours de pompes organisé à Boulogne le 27 mai 1866, peu de temps avant le brillant concours d'orphéon. Ces concours sont excellents. Ils produisent une saine et fortifiante émulation. La compagnie de sapeurs-pompiers de Boulogne a figuré avec honneur dans les concours auxquels elle a assisté. Elle a obtenu neuf médailles qui ornent aujourd'hui son fanion. Voici les dates des triomphes de notre belle compagnie de pompiers :

Sèvres, 22 mai 1865 (médaille de vermeil).

Château-Thierry, 2 juillet 1865 (médaille de vermeil).

Saint-Cloud, 12 mai 1867 (médaille d'argent).

La Fère (Aisne), 19 mai 1867 (médaille d'honneur, prix de l'Empereur).

Villers-Cotterets, 16 juin 1867 (médaille de bronze).

Fontainebleau, 7 juillet 1867 (médaille de vermeil).

Enghien, 18 août 1867 (médaille d'argent).

Aubervilliers, 26 juillet 1868 (médaille d'argent).

Argenteuil, 23 août 1868 (médaille d'argent).

Ces lauriers pacifiques, conquis par les sapeurs-pompiers de Boulogne, ne seront pas les derniers. Chaque jour la compagnie acquiert, par un travail continu, des connaissances pratiques nouvelles qu'elle ne peut manquer de prouver bientôt dans une de ces luttes courtoises et utiles, également profitables aux vainqueurs et aux vaincus.

MUSIQUE — ORPHÉON

La première musique fondée à Boulogne fut formée en 1815 par deux habitants, MM. Perri, dit Jambe-de-Bois, et Parisse. Il paraît que cette musique était surtout très bruyante, on y remarquait notamment : grosse caisse, tam-tam, cors, bonnets chinois. Elle dura quelques années, puis ce bruit cessa, et, jusqu'en 1830, on ne signale pas de nouvelle musique.

Mais à cette époque on songea à adjoindre une fanfare à la garde nationale réorganisée. Les enfants de Boulogne qui sont âgés d'au moins trente ans, peuvent se rappeler le poste de cette milice citoyenne, élevé alors sur la place et le long même des murailles de l'église.

M. Valo, chef d'orchestre, réussit à créer une musique qui dura quelque temps. Une fanfare de trompettes à clefs, fondée par M. Martial, avec le concours de M. Sciard, chef de bataillon, succéda à la musique de M. Valo, et fut à son tour remplacée, après quelque interruption, par une musique dont M. Vasseur fut chef et qui se constitua avec le concours de M. Naveteux, chef de bataillon. En 1846, lé chef de musique était M. Marcille.

En 1848, M. Vasseur redevint le chef de la musique du bataillon de la garde nationale, constituée on le sait sur des bases nouvelles. Cette musique fut licenciée en 1853.

Enfin la musique actuelle du 39me bataillon a été organisée en 1863, M. Salmon étant chef de bataillon et M. Thièble, maire; M. Wittmann en devint le chef et la dirigea jusqu'au 1er novembre 1867, date de son remplacement par M. Guimbal, de la musique de la gendarmerie de la garde. M. Genet est depuis longtemps sous-chef de la musique, à laquelle il rend les services les plus utiles et les plus intelligents.

Depuis la nouvelle direction, la musique du 39me bataillon a fait des progrès notables et sensibles. Une organisation parfaite et une harmonie excellente ne peuvent manquer de produire bientôt les meilleurs effets.

Si, malgré diverses interruptions, une musique instrumentale a néanmoins existé à Boulogne depuis 1830, il n'en a pas été ainsi de la musique vocale.

Ce n'est qu'en 1865 qu'une société orphéonique communale fut définitivement constituée (1). Elle eut successivement depuis pour présidents : MM. Brichard, Gonod d'Artemarre et Delisle, président actuel. Son directeur fut d'abord M. Létang, puis M. Foucart, qui

_____

(1) L'orphéon a été institué à Boulogne en 1859, par M. Létang; mais par suite de mauvaise entente entre ses membres, la Société fut dissoute en 1863, puis réorganisée en 1865, tel qu'elle est aujourd'hui, par M. Brichard.

dirige aujourd'hui encore cette société chorale. L'orphéon communal de Boulogne fait partie de la 2me section de la 2me division, et compte aujourd'hui 250 membres honoraires.

Voici la liste des récompenses que cet orphéon a obtenues :

1859, 30 août. — Concours de Fontainebleau, 1er prix de la 3e division, 3e section, médaille vermeil.

1859, 2 octobre. — Concours de Saint-Denis, 1er prix, 3e division, 2e section, médaille vermeil.

1860, 23 septembre. — Concours de Livry, 1er prix, 1re section, médaille de vermeil.

1861, 21 juin. — Concours de Beauvais, 1er prix, 2e division, médaille or.

1861, 11 août. — Concours de Pantin, 4e prix, 1re division, médaille argent.

1862, 26 juin. — Concours de Château-Thierry, 4e prix, 1er division, médaille argent.

1865, 9 juillet. — Concours de Charenton, 3e prix, 2e division médaille argent.

1865, 3 septembre. — Concours de Vincennes, 4e prix, 3e division, médaille vermeil.

1865, 1er octobre. — Festival de Saint-Cloud, médaille argent.

1866, 20 mai. — Festival de Gentilly, médaille argent.

1866, 29 juillet. — Festival d'Aubervilliers, médaille vermeil.

1866, 20 août. — Concours de Nanterre, 6e prix, médaille argent.

1866, 23 septembre. — Concours de Sucy, 2e prix, médaille argent.

1867, 5 juillet. — Concours de l'Exposition universelle, 8e prix, médaille argent.

1867, 28 juillet. — Festival d'Aubervilliers, médaille vermeil.

1867, 1er septembre. — Festival de Charenton, médaille argent.

1867, 22 septembre. — Concours de Sucy, 2e prix, médaille vermeil,

1868, 10 mai. — Festival de Houilly, médaille vermeil.

1868, 21 juin. — Concours de Choisy-le-Roi, 2e prix de lecture, 4e prix d'exécution, deux médailles argent.

1868, 9 août. — Concours de Levallois-Perret, 4e prix de lecture, médaille argent; 2e prix d'exécution médaille vermeil.

1868, 27 septembre. — Concours de Saint-Cloud, 3e prix argent.

Une autre société chorale existe à Boulogne, également depuis 1865 (*celle-ci est libre*), elle a pour titre : *Cours musical Vasseur*. M. Vasseur dirige en effet, et avec succès, cette société orphéonique qui obtenait, après quelques mois d'existence seulement, un 2me prix dans la 3me section 3me division au concours de Coulommiers. Depuis cette époque que de triomphes ! Poissy, Vincennes, en 1865 ; Lagny, Nanterre, Charenton, en 1866 ; Epernon, Sens, Fontenay-aux-Roses, Sannois, en 1867 ; Chartres, les Lilas, Senlis, le Havre, Saint-Cloud (1er prix ascendant, 23 exécutants), en 1868. En tout seize médailles dont huit d'argent.

Le cours musical Vasseur appartient à la 2me division 1re section.

Il convient d'ajouter qu'en 1867 Boulogne a été l'heureux théâtre d'un grand concours d'orphéons, de fanfares et de musiques d'harmonie, dont l'éclat lui assure pour longtemps une place remarquable dans les annales du chant choral populaire.

L'institution orphéonique est aujourd'hui une œuvre qui compte ses adeptes par centaines de mille. Dans les villages les plus modestes, aussi bien que dans les villes les plus importantes, les sociétés chorales, les musiques d'harmonie et les fanfares, ont avantageusement remplacé les anciennes sociétés de chant, associations souvent funestes, où le trivial et le mauvais goût le disputaient parfois aux dangers des couplets licencieux.

Les sociétés musicales et de chant, bien comprises, ont pour but d'élever l'intelligence des jeunes gens, de leur faire aimer les belles et bonnes inspirations de l'esprit humain : poésie ou musique, de leur inspirer le goût de l'art, et de leur faire trouver, au sein de leur commune, sous les yeux de la famille, des distractions honnêtes et délicates. Le chant et la musique retiennent au pays natal. Les bibliothèques, les conférences, les bienfaits de la vie publique, contribueront un jour à y retenir plus encore.

Nous devons donc tous encourager dans la commune les institutions intelligentes. Ne manquons pas à ce devoir. Faisons plus : appliquons-nous à améliorer celles qui existent, et à fonder celles qui ne sont pas nées encore.

A Boulogne, l'œuvre orphéonique peut être placée, sans contredit, au nombre des institutions locales qui peuvent être les mieux améliorées au grand avantage de tous. Nous émettons le vœu que cela soit prochain, et nous croyons fermement que notre vœu sera réalisé.

SOCIÉTÉ DE PRÊT DU PRINCE IMPÉRIAL

Parmi les œuvres philanthropiques de Boulogne, la Société de prêt du Prince-Impérial est une des moins connues, et pourtant il y a six ans qu'elle existe.

C'est en 1862 qu'elle fut fondée; elle a pour but : de prêter une somme d'argent dont le maximum ne peut, en aucun cas, excéder 500 fr., au taux de 2 1/2 0/0 d'intérêt, aux ouvriers qui, en adressant leur demande, doivent indiquer la nature de l'emploi de la somme empruntée, rigoureusement destinée à acheter des outils ou des matières premières propres à leur industrie.

La somme est remboursable en trois années par paiements partiels.

Cette société n'est pas seulement boulonnaise, elle est cantonale. son siége est à Neuilly; chef-lieu de canton. Néanmoins, parmi les membres du comité nous comptons cinq habitants de Boulogne, ce sont : MM. Cochois, Genot, Taillard, Huart, Dehors, à qui les emprunteurs peuvent s'adresser pour avoir des renseignements.

Les fonds destinés à venir en aide aux ouvriers laborieux proviennent de souscriptions volontaires ; les dons sont reçus avec reconnaissance par les membres du comité et à la mairie.

FÊTES DE BIENFAISANCE

De tout temps les communes se sont efforcées d'augmenter, autant qu'il était en leur pouvoir, les secours à distribuer aux pauvres. Au nombre des principaux moyens mis en œuvre, il faut placer les fêtes de bienfaisance.

Sur ce point, Boulogne ne s'est pas laissé distancer par les communes voisines et a organisé, une des premières, des concerts dont la musique de la garde nationale et l'orphéon faisaient les principaux frais (1). Ces concerts n'offraient qu'un intérêt local et l'élément attractif leur manquait. Seules, les familles des intéressés formaient le public de ces réunions.

Les résultats obtenus étaient certainement satisfaisants, mais ces concerts ne rendaient pas ce que, bien menés, ils eussent pu donner.

Les difficultés à vaincre pour arriver à un résultat

---

(1) Nous ne parlons pas ici des spectacles au profit des pauvres que donne, à l'époque de la fête de Boulogne, l'administration municipale, et que notre ami et collègue de la commission des fêtes, M. Boudeville, dirige si bien.

meilleur étaient grandes ; cependant, ce que personne n'osait entreprendre, une société, dite « Société des fêtes de bienfaisance » et formée de plusieurs habitants de la commune, osa le tenter.

Laissant la musique et l'orphéon organiser leurs concerts annuels ou bi-annuels, les membres de cette société ayant pour but une seule chose : « Etre utile, » pour devise un seul mot : « Charité, » sans vouloir faire concurrence aux choses déjà établies, ont pensé que ce n'était pas par des réunions presque intimes qu'il fallait attirer la foule, mais plutôt par quelque chose de tellement attrayant que les plus indifférents même fussent obligés de répondre à l'appel.

Innover est toujours chose difficile, et dès les premiers pas la commission rencontra des obstacles. A quel moment tenter l'essai ? De quels éléments composer un spectacle assez attractif ? Où donner cette fête ? Autant de problèmes à résoudre.

« L'union fait la force, » dit un proverbe ; en cette circonstance le proverbe eut raison. Ajoutons : « La foi fait la force » et le proverbe sera complet.

Aussitôt constituée, la société s'est réunie plusieurs fois par semaine, chacun donnant son avis et proposant un moyen : bal, concert avec tombola, spectacle ou spectacle-concert. La société adopta le spectacle-concert. Mais elle se trouvait dans la position de ces auteurs qui, après avoir écrit en tête d'une page un titre sonore fait pour attirer l'œil du lecteur, laissent la page en blanc faute de pouvoir la remplir. Le tout n'est pas d'écrire le titre d'un volume, il faut en composer le texte. Le tout n'est pas de donner un concert, encore faut-il avoir des artistes.

Après un travail herculéen, des pas, des démarches sans nombre, des espérances déçues, des promesses et des retraits de paroles, le programme de la première fête fut arrêté, soumis à l'approbation de M. le maire et approuvé.

Les plus grandes difficultés étaient vaincues; restaient les questions de détail, et, dans les entreprises de ce genre, ce ne sont pas les moins importantes. Où trouver une salle assez vaste, assez élégante pour recevoir la foule choisie qui, dès les premiers jours, donnait son assentiment à la nouvelle fondation.

Boulogne, on ne sait pourquoi, ne possède pas de salle de spectacle. Il fallut louer la salle Dziedzic (salle de bal en temps ordinaire) et l'approprier à la destination qu'on voulait lui donner.

Tous ces préparatifs, ces allées, ces venues, avaient pris du temps, la belle saison s'avançait, d'un moment à l'autre la colonie parisienne pouvait prendre ses quartiers d'hiver, il fallait frapper le grand coup avant cette époque.

Dès les premiers jours d'octobre les affiches furent apposées, et l'empressement du public fut tel, en quelques jours, que les commissaires reconnurent tout l'intérêt que l'on portait à leur entreprise.

Le grand jour arriva enfin. Tout était prêt. La salle aussi confortable que possible, le programme portant les noms les plus aimés du public parisien. Tous les commissaires attendaient anxieux. Par une fatalité la journée commençait mal, une pluie diluvienne tombait depuis le matin. Si un des artistes affichés allait nous manquer? *Alea jacta est*! Le dé est jeté? Midi

sonne et chaque commissaire à son poste attend les
spectateurs, qui au contrôle, qui à la réception des
artistes assez aimables pour prêter leur gracieux concours, qui dans la salle pour veiller au bon ordre et
recevoir les souscripteurs.

La salle s'emplit rapidement. Paris et Boulogne
fournissent un contingent tellement grand, que beaucoup furent obligés de rester debout faute de places.
La commission, en novice qu'elle était, avait oublié
que le contenant ne doit jamais être plus petit que le
contenu! C'était une faute sans doute, mais devant
l'excellence des artistes, devant l'ordonnancement du
spectacle, les premiers murmures se calmèrent, et
les infortunés obligés de rester debout eurent vite
pardonné. Ce fut un triomphe que ce premier concert,
les craintes chimériques s'évanouirent rapidement, et
les commissaires purent voir le soir, en faisant le
compte des bénéfices, que, comme Titus, ils n'avaient
pas perdu leur journée (1865).

Ce premier résultat obtenu, la commission devait-
elle pour l'année suivante agir dans le même sens?
— Oui. — Devait elle chercher, tout en restant dans le
même cadre, à apporter des modifications quant à
l'ensemble? Devait-elle profiter des avis ou des
plaintes du public? Certainement, oui! — Elle avait
pour devise « faire bien » elle le modifia en « faire
mieux. »

Il fallait, l'expérience l'avait prouvé, avancer un
peu l'époque de ces solennités, profiter des beaux
jours de septembre, sans attendre les jours pluvieux
d'octobre. Il fallait encore une salle plus spacieuse,

mieux aménagée, plus haute de plafond afin que, comme à la salle Dziedzic, la voix des chanteurs ne fût pas étouffée; une salle enfin offrant [plus de ressources quant aux débouchés, permettant au public de rentrer et de sortir sans difficulté pendant les entr'actes, laissant la facilité d'avoir un vestiaire assez bien organisé pour éviter, comme à la première matinée, l'encombrement qui s'était produit à la sortie. Il fallait aussi éviter que les premiers fussent les derniers, c'est-à-dire que les premiers souscripteurs, arrivant un peu tard, ne fussent dans la nécessité de rester dans les couloirs faute de siéges. Enfin (ici le reproche est tout à l'avantage des organisateurs), il fallait que le programme fût un peu moins bourré, moins de musique, plus de petites pièces.

Bref, beaucoup à faire; l'œuvre était née viable, il n'y avait que certaines imperfections à faire disparaître.

Nouvelles études à faire, — nouveau programme à organiser. Le plus grand embarras n'était pas dans la composition du spectacle, mais dans le choix de la salle. Seule la salle Dziedzic s'offrait à la commission et l'expérience l'avait montrée trop petite! Tout à coup une idée soudaine traverse l'esprit d'un des membres. Les salles des écoles voilà ce qu'il faut.

Une demande en autorisation est faite à l'administration municipale. — Avec sa gracieuse obligeance, M. Dobelin met immédiatement l'école à la disposition de la commission.

La cloison qui sépare les deux classes est enlevée, une partie de la première salle est convertie en coulisses avec loges d'artistes, l'autre partie sert à l'érec-

9

tion de la scène. La deuxième classe sera la salle proprement dite. Une innovation est faite, trois sortes de places sont créées, les premières numérotées, les premières, et les secondes. Pour éviter les réclamations il n'est distribué que le nombre de places que contient la salle. Un café est annexé au théâtre, pendant les entr'actes la foule pourra s'y reposer. Le vestiaire, la caisse, le contrôle sont établis dans le vaste vestibule de l'école. Une élégante entrée conduit aux places numérotées et aux premières, les billets de secondes passent par une petite cour. Chaque place a une entrée spéciale, de cette façon toute confusion est évitée.

Le jour de la solennité est fixé au 30 septembre, et tout fiers des soins apportés pour plaire au public, les organisateurs l'attendent avec la certitude d'obtenir son approbation.

Tout le monde se souvient des cris de surprise qu'excita la magnificence de la salle, entièrement tendue de velours grenat rehaussé de crépines d'or, ainsi que du bon goût qui avait présidé à son ornementation. Des fleurs à profusion, des lumières disposées de façon à faire valoir et la beauté des dames et la fraîcheur de leurs toilettes, sans fatiguer la vue. Tout servait de prétexte à ornementation, tout jusqu'aux deux poêles, métamorphosés pour la circonstance en corbeilles de fleurs !

La vue était charmée, restait à satisfaire l'ouïe; sur ce point la commission était tranquille; le résultat lui donna pleinement raison.

Un souvenir se rattache à cette fête et nous ne devons pas, en historien fidèle, le passer sous silence.

Parmi les spectateurs qui assistaient à cette fête, se trouvait un homme dont le monde entier pleure aujourd'hui la perte et dont le nom vivra éternellement. Dans cette journée, Rossini, l'auteur immortel de *Guillaume-Tell*, du *Barbier de Séville* et de tant d'autres œuvres fut l'hôte de la ville de Boulogne.

Nous nous rappelons encore avec quelle émotion le vieux maître nous serrait à tous les mains, nous remerciant de notre bon accueil; nous nous souvenons quelles larmes de joie inondèrent son visage après l'audition de l'ouverture de *Guillaume-Tell*, si savamment exécutée par la garde de Paris. « Merci à tous, nous disait-il, merci, et croyez que je vous serai toujours reconnaissant de l'excellente journée que j'ai passée près de vous. »

Le succès nous avait encore suivi cette fois, et malgré les frais énormes occasionnés par l'agencement de la salle, la part des pauvres fut belle. La société, enhardie par ce résultat et se voyant maîtresse de son œuvre, songea, dès ce jour, à la fête de l'année suivante.

En 1866, la chaleur dans la journée du 30 septembre avait été intense, et les tentures de velours très riches, avaient rempli leur but comme aspect général, mais, en interceptant l'air, elles avaient nui à l'aération de la salle. Il fallait trouver mieux ; un nouveau plan fut vite arrêté : il consistait à convertir la salle en une serre immense! Ce qui fut dit, fut fait, l'agencement du théâtre resta le même, seule l'ornementation de la salle fut modifiée. Les murs de l'école furent couverts d'un immense treillage d'or, le lierre et les fleurs se jouaient dans ses réseaux. Les fenêtres furent enlevées et des stores verts les remplacèrent. La lumière du jour était interceptée de façon à ne pas nuire à l'éclat de la salle et l'air, filtrant à travers les toiles en se renouvelant, la rafraîchissait.

En trois ans notre société avait versé entre les mains du receveur de la Caisse municipale une somme nette de 3,093 fr. 65. Résultat important, si l'on songe aux frais qu'il fallait faire chaque année pour la réorganisation de la salle.

Nos amis ont dû s'étonner de voir qu'après trois fêtes successives, aucune n'ait été donnée l'an dernier par notre société. Pour des raisons que la société ne connaît pas, la salle des écoles n'a pu être mise à sa disposition. Il fallut donc abandonner l'idée d'une représentation théâtrale, et cette pensée, nous devons l'avouer, causa parmi ses membres un certain découragement. Le théâtre est un plaisir qui s'adresse à tous; où trouver un délassement pouvant le remplacer avec avantage? Un bal, les commissaires en eurent l'idée; ils voulaient même un concert suivi d'un bal, afin de satisfaire tout le monde. Ils avaient songé à élever dans la cour de la mairie une vaste tente, mais une objection leur fut faite et ils durent s'incliner devant la vérité : la saison était par trop avancée, les nuits de septembre sont fraîches et sous une tente, en toilette de soirée ou de bal, on risquait deux choses, ou compromettre la santé du public, ou le voir, après avoir héroïquement lutté contre le froid, prendre son parti et fuir, jurant qu'on ne l'y pren-

drait plus. La société jugea donc plus prudent de remettre à cette année la continuation de son œuvre en
lui donnant, si faire se peut, une impulsion encore
plus vivace, afin que malgré le relâche forcé qu'elle a
été obligée de subir, les pauvres ne perdent rien. Les
commissaires sont à l'œuvre, le public appréciera.

Nous ne saurions mieux terminer ce chapitre qu'en
rappelant les noms des artistes de talent qui ont honoré la société de leur gracieux concours. Cette no-
menclature rappellera à ceux qui assistèrent à ces
matinées charmantes le souvenir, et permettra aux
commissaires de donner à ces aimables artistes un
témoignage public de leur reconnaissance.

Opéra. — MM. Villaret, David, Caron.

Théâtre-Français. — MM. Talbot, Coquelin aîné, Lafontaine, Verdellet; Mmes Ponsin, Emma Fleury, Vic-
toria Lafontaine, Rosa Didier.

Opéra-Comique. — MM. Potel, Falchieri; Mme Galli-
Marié.

Italiens. — MM. Vergé, Scalese, Baragli, Agnesi,
Zucchini, Galvani; Mmes de Brigni, Zeiss.

Odéon. — M. Coquelin cadet; Mme Damain.

Théâtre-Lyrique. — M. Baretti.

Gymnase. — M. Francès; Mme Chaumont.

Vaudeville. — M. Saint-Germain.

Palais-Royal. — MM. Brasseur, Hyacinthe, Lassou-
che; Mlle Keller.

Bouffes. — MM. Ch. Perey, Montbars; Mmes Thierret,
Dambricourt, Moïna.

Instrumentistes. — MM. Alary, Alexis Collongues,

Lebrun , Jules-Charles ; Mmes Charlotte Dreyfus , Drouard.

Musique. — Garde de Paris (Paulus) ; 43e de ligne (Kakosky).

Noms des Commissaires organisateurs.

MM. Bagier, Boudeville, Chauvet (décédé), Delisle, Demay, Emmanuel-Arthur, Fauchaut, Girod, Gonod d'Artemare, J. Grenet, S. Halphen, Hubaine, Jules-Charles, Laurant, Mahias, Maurice Lévy, Pigneguy (décédé), Schiller, Servas.

THÉATRE

De tout temps le théâtre a été le plaisir favori du peuple, et cette préférence a sa raison d'être; en effet de tous les plaisirs n'est-il pas à la fois et le plus instructif et le plus moral? Le théâtre ouvre à l'imagination des horizons nouveaux; à la pensée il donne plus de fermeté, plus de précision, il force la mémoire à se souvenir, il instruit en amusant. Combien de faits historiques seraient inconnus, combien d'hommes illustres dont le caractère serait méconnu sans le théâtre?

Je sais bien que l'on m'objectera que l'histoire au théâtre est entièrement fantaisiste, mais qu'importe! Soyez donc certains que le peuple saura distinguer le vrai du faux, qu'il saura discerner où commence la légende, où finit l'histoire; soyez convaincus que si l'auteur froisse une de ses convictions, maltraite une de ses idoles, il voudra approfondir par lui-même le caractère du personnage mis en scène, afin de le mieux connaître et de se faire une opinion personnelle.

Dans les comédies de mœurs, peintures où les Dumas, les Augier, les Barrière, les Sardou, excellent, tableaux dramatiques ou gais développés au profit d'une idée, tableaux toujours moralisateurs, dans lesquels l'auteur lutte corps à corps contre un vice ou contre un préjugé, soyez sûrs que le peuple saura trouver, même en dehors de l'idée développée, des corollaires nouveaux, qu'il saura imaginer un dénoûment autre que celui inventé par l'auteur. Restez persuadés que l'analyse de certaines passions soulèvera son indignation et qu'il sortira contristé et terrifié en songeant jusqu'à quel degré d'avilissement elles peuvent conduire l'homme.

Le théâtre est utile et l'on doit chercher par tous les moyens à propager ce délassement.

Lors de la création de nos fêtes de bienfaisance le public parisien sembla fort étonné qu'une ville comme Boulogne, forte de dix-huit mille habitants, ne possédât pas de théâtre, lorsque Saint-Cloud, bien moins peuplé, en possède un depuis longtemps.

Dans une ville comme la nôtre, la création d'un théâtre serait presque d'utilité publique ; du reste, la nécessité vient d'en être prouvée victorieusement.

Les amateurs de ce plaisir se trouvaient, il y a quelque temps encore, forcés de renoncer à ce divertissement, ou dans la nécessité d'aller soit à Paris, ce qui outre la fatigue devenait fort onéreux, ou bien à Saint-Cloud, où une fois par semaine la troupe de M. Larochelle donne des représentations. La ville de Paris et la ville de Saint-Cloud prélèvent ainsi un droit des pauvres sur les plaisirs boulonnais, droits

que facilement et sans grands frais on pourrait préle-
ver ici. Un artiste intelligent, M. Montel, directeur du
théâtre de Passy, eut la témérité, malgré cette absence de théâtre, de donner des représentations dans
la salle Dziedzic. La bonne composition de la troupe fit
passer sur l'insuffisance des moyens de mise en scène,
et petit à petit le public s'habitua à prendre, une et
quelquefois même deux fois par semaine, le chemin
de la rue d'Aguesseau.

M. Montel, en ne se rebutant pas devant l'indifférence première ou plutôt devant la timidité du public, finit par réussir et par se former une clientèle.

La salle Dziedzic est en temps ordinaire un bal public, et la bourgeoisie boulonnaise craignait, bien à
tort, de se trouver en contact avec une population qui,
n'ayant ni ses goûts, ni ses habitudes, pouvait manquer de convenance à son égard. On se hasarda d'a-
bord timidement, les plus intrépides commencèrent,
entraînant les craintifs à leur suite.

Aujourd'hui ce qu'il fallait prouver est démontré : Il
faut une salle de spectacle à Boulogne, car Boulogne
a une troupe de comédie parfaitement organisée, sans
théâtre. La troupe a un public sur lequel elle peut
compter, mais n'a pas une salle digne de le recevoir.

Devant les résultats obtenus la ville se refu-
sera-t-elle encore d'accéder aux vœux des habitants ?
Si elle ne veut pas édifier un théâtre pour son compte,
qu'elle offre à un entrepreneur ou à une société des
avantages assez grands pour leur permettre de tenter
l'entreprise. Placé au cœur même de la ville, ce
théâtre serait d'un grand secours pour nos bureaux

de bienfaisance. Notre population aisée trouvant à sa portée, à peu de frais et sans fatigue, un de ses plaisirs, préférés se déshabituerait vite d'aller à Paris, et la richesse du pays s'augmenterait d'autant.

Maintenant étudions dans quelles conditions cette salle de spectacle devrait être conçue :

Un théâtre, comme nos théâtres habituels avec parterre, galeries, loges, etc., etc. Non ; à notre avis mieux vaudrait une salle bien disposée et bien aménagée, pouvant servir de salle de concert et au besoin être facilement convertie en salle de bal. Une salle dans le genre de celle de Herz (un chef-d'œuvre dans son genre) ou de l'ancien théâtre des Fantaisies-Parisiennes, confortablement installée, bien disposée, bien aérée, avec issues faciles pour l'écoulement de la foule, foyer assez vaste pour permettre au public de se promener sans qu'il soit obligé de sortir, avec les aménagements nécessaires, comme magasin à décors, etc., dans le local même. Une salle enfin répondant, tant comme monument extérieur que comme dispositions intérieures, à l'importance qu'acquiert chaque jour notre ville.

Un projet est en ce moment à l'étude, ce serait de transformer complétement la salle Dziedzic dans ces conditions ; ce projet réussira-t-il ? Faute de mieux, nous le souhaitons.

BILLANCOURT

Billancourt est par rapport Boulogne ce que Levallois était à Clichy il y a encore peu de temps, c'est-à-dire une section de la commune-mère, versant dans les coffres de Boulogne toutes ses recettes d'octroi, etc., mais ne profitant que fort peu des bénéfices qu'elle produit.

Billancourt est pourtant digne d'intérêt, sa position magnifique, ses rues droites, larges, bien ombragées, sa situation pittoresque au bord de la Seine, le panorama splendide que l'œil découvre, en feraient un séjour fort agréable si les rues étaient entretenues en meilleur état, si elles étaient bordées de trottoirs, et surtout si les moyens de communication avec Paris étaient suffisants et commodes.

Depuis quelques années, devant l'indifférence de l'administration, les habitants comprenant qu'en fait d'améliorations ils ne devaient compter que sur eux-mêmes, ont fait ce qu'ils ont pu pour arriver à un résultat satisfaisant, C'est à leurs instances que l'on doit la création d'une fête communale (fête qui se tient dans les premiers jours du printemps et qui attire chaque année un grand nombre de visiteurs), ainsi que de nombreuses institutions de bienfaisance ayant presque toutes un caractère entièrement privé, et qu'ils tiennent à honneur de conserver et de voir prospérer. Hâtons-nous de dire que les habitants de Billancourt ont été aidés dans leur tâche par leur digne curé, M. l'abbé Gentil, dont la vie est consacrée aux bonnes œuvres.

Il y a environ trente-sept ans, M. le comte de Gourcuff, propriétaire d'une partie considérable de la commune actuelle, faisait bâtir rue du Vieux-Pont-de-Sèvres, une petite chapelle, afin d'assurer aux habitants le service divin chaque dimanche pendant l'été. Le 1er janvier 1860, par suite de l'annexion d'Auteuil à Paris, la chapelle devint la propriété de la commune de Boulogne. M. l'abbé Gentil, alors premier vicaire de Notre-Dame-de-Boulogne, fut nommé desservant au même titre que celui de Boulogne; la chapelle de Billancourt fut alors érigée en église, et des messes y furent dites chaque jour.

Au moyen d'une souscription à laquelle prirent part tous les habitants, l'église fut agrandie et embellie, sans qu'il fût nécessaire de recourir aux deniers de la commune. Assez vaste pour contenir cinq cents personnes, elle possède tous les accessoires nécessaires à l'exercice du culte, un orgue, un calorifère la chauffe pendant l'hiver, elle a de plus, outre le chœur, plusieurs chapelles, une sert de baptistère, une autre est consacrée aux catéchismes.

Elle a été érigée définitivement en succursale le 17 février 1861.

Conseil de fabrique

MM. GACHELIN, président.

DE BESSÉ.

ALBY.

CHAMBEYRON.

PINAUD (décédé récemment n'a pas encore été remplacé).

Salle d'Asile

Inauguré en 1860 dans les premiers jours de mai, route de Versailles, 111, l'asile de Billancourt devint bientôt insuffisant pour contenir tous les petits enfants de deux ans et demi à sept ans que les parents confiaient aux sœurs de Sainte-Marie, chargées de la direction de l'asile.

Le local actuellement affecté à cette œuvre est contigu à l'école des jeunes filles (école Sainte-Elisabeth) et a été bâti sur le terrain des sœurs aux frais de la congrégation de Sainte-Marie, aidée par un secours de 6,000 francs, somme recueillie parmi les habitants de la paroisse.

La ville de Boulogne ayant l'intention de bâtir prochainement, à côté de la future école des garçons, une nouvelle salle d'asile, l'asile actuel sera transformé en classes, et servira à l'agrandissement de l'école Sainte-Elisabeth.

Ecole Sainte-Elisabeth

L'école Sainte-Elisabeth a été fondée en 1854 par les héritiers de Mme Elisabeth Destrés.

La fondation garantit aux sœurs augustines de Sainte-Marie, dont le siége est à Paris, rue Carnot, 8, une maison disposée pour recevoir quarante enfants gratuitement.

Le nombre des jeunes filles de la paroisse de Billancourt s'étant accru, la commune alloua à plusieurs reprises une subvention en faveur des enfants pauvres.

Aujourd'hui soixante enfants profitent de la générosité du conseil municipal de Boulogne.

Depuis le 1er janvier 1869, en vertu d'une décision récente du conseil municipal, les sœurs reçoivent quarante-deux jeunes filles de plus dans un local destiné à l'agrandissement provisoire de l'école.

Dans un temps peu éloigné (deux ou trois ans), par suite de conventions entre la mairie de Boulogne et les sœurs de Sainte-Marie, l'école Sainte-Elisabeth pourra recevoir trois cents jeunes filles.

Quelques personnes charitables de la paroisse, désireuses de faire donner aux jeunes filles de l'école Sainte-Elisabeth des leçons quotidiennes de travail à l'aiguille, allouent chaque année un traitement fixe à une sœur spécialement chargée de cette branche de l'enseignement, partie essentielle et trop souvent négligée de l'éducation des jeunes filles.

Le professeur de chant de l'école des garçons, donne également des leçons aux élèves de l'école Sainte-Elisabeth.

Ecole des Garçons

L'école des garçons, située route de Versailles, 111, fut fondée dans les premiers jours de mai 1860, à la même époque que l'asile.

L'école des garçons, alors école libre, recevait à titre gratuit une quinzaine d'enfants. L'instituteur, encouragé par M. le curé à venir s'établir sur la paroisse, recevait en échange le logement nécessaire pour sa classe et pour lui.

Le nombre des jeunes garçons de Billancourt augmentant de jour en jour, la commune accorda successivement plusieurs subventions (1863-64-65), et au bout de quelques années prit à sa charge l'école qui devint communale et par suite entièrement gratuite.

L'école est, depuis sa fondation, dirigée par M. Blanchet, assisté depuis 1865 par un instituteur adjoint. Chaque soir pendant l'hiver M. Blanchet dirige les classes pour les adultes et les apprentis.

Les deux salles actuelles peuvent contenir environ 160 enfants, mais l'emplacement laisse à désirer sous tous les rapports, aussi la commune de Boulogne se propose-t-elle de faire construire une école communale réunissant tout le confort désirable et pouvant contenir au moins 300 enfants. Un professeur donne des leçons de chant aux jeunes garçons. De plus, deux fois par semaine ils se rendent à Boulogne pour prendre des leçons de gymnastique.

Association paroissiale de Charité

DE BILLANCOURT

Billancourt possède depuis 1860 une association de bienfaisance, composée des notables habitants de la paroisse. Cette association a pour but de créer et de patronner des œuvres de charité indépendantes de celles qui existent déjà. C'est ainsi qu'on lui doit :

1º *Le Vestiaire.* — Cette œuvre pourvoit par le travail libre et gratuit de plusieurs dames à l'habillement des vieillards et surtout des enfants pauvres de la paroisse.

Cette œuvre se recommande d'elle-même. A Boulogne, comme on l'a vu précédemment, elle existe sous le nom d'ouvroir.

Le vestiaire a été ouvert au mois d'octobre 1863, par les soins et aux frais de M. l'abbé Gentil.

2º *La Caisse des loyers.* — Sorte d'assurance, de caisse de prévoyance ouverte à la classe ouvrière, qui grâce à cette institution, peut par petites sommes et presque sans s'en apercevoir acquitter l'échéance trimestrielle. Comme récompense de son économie un ménage peut obtenir en utilisant cette caisse une réduction de près d'un sixième sur le prix de son loyer. La caisse est alimentée par les versements successifs de personnes de la classe ouvrière qui déposent à volonté tous les dimanches de neuf heures et demie à dix heures, et de midi à midi et demi les sommes destinées au paiement de leur loyer. La somme versée ne peut être ni moindre de 1 franc, ni supérieure à 20 francs. Le dimanche qui précède le paiement du terme, les déposants retirent les sommes qu'ils ont versées et reçoivent à titre de récompense : une prime de 20 0/0 sur les versements du premier mois, 15 0/0 sur ceux du second mois, et 10 0/0 sur les sommes versées pendant le troisième. Supposons une ménagère confiant :

En janvier une somme de...........	10 fr.
En février également une somme de..	10 »
En mars seulement................	5 »
	25 fr.

Le dimanche qui précèdera le terme d'avril, cette ménagère recevra outre les 25 francs versés par elle, une prime de 4 francs, soit 29 francs.

Ces primes sont données par l'association de charité, qui alloue chaque année sur son budget une somme spéciale au profit de cette œuvre. Cette prime n'est accordée qu'aux loyers de 200 francs et au-dessous. Les versements ne peuvent dépasser le montant d'un terme. Lorsque les déposants retirent leur argent avant la fin d'un trimestre ils perdent tous droits à la prime.

Nous ne saurions trop appeler l'attention de la classe ouvrière sur cette œuvre, qui lui permet d'acquitter aisément l'échéance la plus forte du ménage, qui lui enseigne l'économie, lui donne des idées d'ordre et de prudence, et l'oblige à prévoir l'avenir ! Nous ne doutons pas que cette œuvre n'ait déjà rencontré de nombreux adhérents, et nous souhaitons prospérité à cette institution vraiment philanthropique.

3° *Les cartes de pain, viande et de chauffage* distribuées

10

à de nombreuses familles, afin de laisser une plus grande facilité aux parents pour envoyer leurs enfants à l'école.

Cette œuvre est totalement indépendante du bureau de bienfaisance de Boulogne.

4° *La Caisse des orphelins.* — L'association prélève sur ses recettes, une certaine somme qui sert à payer en totalité ou en partie la pension des orphelins de la paroisse.

Comme essai, un orphelinat spécial pour les jeunes filles a été récemment ouvert à Billancourt. Il compte 17 enfants.

Mais cette œuvre ne recevant aucune subvention autre que celle de l'association paroissiale de charité, ne peut, faute de ressources suffisantes, se développer facilement et par suite ne peut venir en aide gratuitement à toutes les petites filles qui lui sont présentées.

5° *Société libre des mères de famille.* — Cette Société, fondée le 1er novembre 1863 par M. le curé de Billancourt, est exclusivement réservée aux femmes. Cette Société de secours mutuels manquait à Boulogne. L'industrie principale du pays nécessitant l'emploi d'un grand nombre d'ouvrières, il n'était pas juste que celles-ci fussent privées des avantages que la Société de secours mutuels de Notre-Dame de Boulogne offre aux hommes. Les femmes sont tout aussi sujettes aux maladies que les hommes, et en cas d'incapacité de travail elles se trouvaient réduites à leurs seules ressources, ce qui pour beaucoup était la misère. M. le curé Gentil voulut permettre aux femmes de s'entr'aider, et grâce à son initiative la Société des mères de famille fut fondée.

Cette Société a pour but principal :

1° De procurer aux sociétaires malades les soins d'un médecin rétribué par la caisse commune, plus les médicaments nécessaires non-seulement pour elles, mais pour leurs enfants âgés de moins de quinze ans.

2° D'assurer aux sociétaires une indemnité pécuniaire pendant le temps de leur maladie.

3° De pourvoir aux funérailles des sociétaires décédés. Enfin elle a pour but de venir en aide, par tous les moyens qui sont en son pouvoir, aux membres sociétaires.

Comme celles des secours mutuels hommes, cette Société se compose de membres participants et de membres honoraires.

Sont membres participants ou sociétaires les personnes qui participent aux charges et aux avantages de la Société.

Sont membres honoraires, les personnes qui, sans distinction d'âge, de sexe, vivant dans la commune ou hors de la commune, contribuent par leurs dons à la prospérité de la Société sans participer à ses avantages.

La cotisation annuelle pour tous les membres de la Société, participants ou honoraires, est de 18 francs par an, soit 1 fr. 50 par mois. Toutefois les membres honoraires peuvent dépasser ce chiffre, et leur souscription est couverte du voile de l'anonyme quand ils en témoignent le désir.

La fête patronale de la Société est la Purification

de la Sainte-Vierge ou Chandeleur, dont la solennité est célébrée le dimanche qui suit le 2 février. La Société est administrée par un conseil composé :

D'un président qui est de droit le curé fondateur de la Société, et après lui son successeur.

Une assistante ou vice-présidente.

Une secrétaire.

Une trésorière.

Un conseil composé de sociétaires participantes et honoraires.

Il y a actuellement 75 membres participants et 60 membres honoraires.

6° *Bibliothèque paroissiale.* — Une bibliothèque est établie dans une des dépendances de l'église, en faveur des habitants de la paroisse. Dans cette bibliothèque, fondée bien avant la bibliothèque communale de Boulogne, les livres sont prêtés gratuitement et peuvent être emportés par les lecteurs. Il n'y a pas de salle spéciale de lecture, une personne de la paroisse inscrit le nom des lecteurs et les numéros des livres prêtés. Ces livres doivent être rapportés au bout d'un mois au plus tard.

TABLE DES MATIÈRES

www.ingramcontent.com/pod-product-compliance
Lightning Source LLC
Chambersburg PA
CBHW051145260626
47170CB00005B/1972